金車奇幻小說獎傑作選

阿帕拉契的火

THE FIRE OF APPALACHIA

Content

目次

【第一屆金車奇幻小說獎評審團好評】

首獎．〈流放矢車菊〉／王麗雯

通篇充滿文字所延伸的美感，人魚與行獸的世界富含想像力，想著跨坐上行獸，因之俯瞰到地海的變貌；想著那時候宇宙還極廣袤空曠，萬物尚未定型，地與海能時不時化為人，化為獸，化為魚鳥……作者的文字竟有這般功力，讓讀者自由地翱翔於奇幻的時空。

優選．〈蕭月孟國離野納三界〉／林子瑄

本篇小說創意詭奇，場面浩大，人物與景物描繪出色，畫面感非常強烈。

故事以二戰時期東亞各國勢力拉鋸為主軸，敘事場景建立於史實之上，是得獎作品中最有現實感，卻也最挑戰作者調度能力的作品，作者駕馭流暢，表現可圈可點。

然而，或許為了將故事說得更仔細，敘述文字讀來稍嫌繁複黏稠，雖看得出作者的認真用力，卻反而有礙理解，折損了一些些閱讀的樂趣。

優選．〈峽海紀年〉／沈琬婷

歷史是什麼？是史書記載的；還是歌謠傳唱的？是曾經發生的；還是正在發生的？而如果時空可以穿越，我們又該如何解讀歷史？

小說作者企圖龐大，敘事嚴謹，故事背景裡歷史與地景的構築很顯功力，行文頗有耐性，佈局高深，處處發人省思，是出色的創作者。

只有一點，小說世界架構繁複，時間與空間都很有深度，但在短短篇幅裡似乎未能完整呈獻，非常可惜，期待看到更多關於莒哈海域的故事。

優選．〈狐狸城〉／江尋

作者文字奔放瑰麗，故事讀來如萬花筒旋轉，變化無限。

雖然移動奔走的狐狸巨城；少女因緣際會進入幻境冒險等橋段，都讓人有點熟悉，但作者巧思安排，都能轉出新意來，令人驚艷。通篇小說呈現出一種霧化的迷濛美感，文字極有渲染力。

狐狸城中各處「人性」、「貪婪」、「寂寞」、「死亡」……等暗喻，與敘事主線的連結度較不明顯，若能加強，評價會更高。

第一屆・首獎
〈流放矢車菊〉

王麗雯

作者簡介／王麗雯

台大中文所碩士，曾獲國藝會創作補助、金車奇幻小説獎、台大文學獎、教育部文藝創作獎、菊島文學獎、台北市青少年文學獎等獎助。

＊

當我看見流放地盛開的矢車菊，即使身體倦痛，心卻豁然欣喜。這並不是我第一次看見矢車菊，卻是第一次遠離家鄉，擺落骨瓷花瓶與象牙窗框的束縛，看見這種海風下的藍，瑩澈柔潤的藍。一朵朵，一叢叢，沿坡燒灼整座荒島。

我隨隊下船，穿過巨大深水碼頭，走上依山而建的灰石小路。許多島民在路邊覷看，一身黝黑，穿粗糙的白麻衣與涼鞋。我膽怯，企圖擠進隊伍中央遠離人群。一個男人在我經過時吐了口水，露出島民特有的細碎尖齒。他沒吐著，隨即被士兵拿鐵棍狠狠敲頭。他們故意打那男人的牙齒，打得他跪爬合掌，如猴子吱吱哀鳴。我試著不去想男人敵意的瞪視，但一閉眼，掌心的灼熱便痛入骨髓。心一安靜，痛苦就飛揚，再再提示我為何來到這裡。我是什麼樣的人。

在隊伍前頭是另一列罪刑更重的囚犯。他們上身赤裸，除了手銬腳鐐，還戴著面罩與頸枷。他們垂頭踽踽而行，背部烙有更巨大的矢車菊印，滲血、結痂、浮凸，如一窩盤亙的赤紅小蛇。那烙印不只咬嚙他們，也啃噬我們，所有人。

我的家人無罪卻四處流散。父親在北疆湖泊監獄，母親在盲原，弟弟在鐵森林改造場。我在矢車菊島服苦役，漂流最遠、刑期最輕。五年。

我們在小路盡頭的灰碉堡前集結。有群人坐在門口抽菸，見我們來，不耐煩地起身，繞圈打量。其中一位戴橘紅軍帽的男人指著我問：「妳，哪來的？」

「大人，容克家的罪人。」一旁的士兵趕忙補充。

男人哦一聲：「這麼說，是混種人魚啊。帶她進來！」

我跟隨他們穿過晦暗陰涼的正廳、食堂與機房，來到走廊盡頭的房間。他命士兵關門，出去。房裡只剩我們兩人。

「容克家的——名字是什麼？」

「海倫。容克海倫。」

他命我站直，不許動，撕掉我的衣服。

「來啊，站好，讓我找找妳的矢車菊記號。」

「在手上，大人。」

他獰笑：「是嗎？別說謊，該不會在屁眼上吧。」他捧起我的一隻乳房仔細觀察。「跟人類娘們沒什麼不同嘛。」又分開我的腿，捏捏大腿肌肉。「怪怪，人魚也能站？」

我無罪卻被判刑嗎？這話不夠精確，應該說我天生便有罪。我是十六分之一的混種人魚，是白塔決心肅清的外種貴族之一。我告訴自己對裸體羞恥，是奴性堅強的人類才有的思維，但同時我又努力說服自己：派駐流放島的官員也許身不由己，他們也許不得志也許鬱悶，處境比起囚犯也好不到哪裡去。就算無禮，也可憐得情有可原。

他從肩背撫摸我的身體，喃喃說：「可惜啊，這好皮膚很快就要沒了。太陽毒，人魚特別不禁曬。」我不知他的經驗從何而來。他繼續翻看掌上的罪人烙印。這是新傷。天氣炎熱，旅途多塵，傷口起泡發膿。

「為什麼烙手掌？」

「為了不讓我施法，也證明我不如人。」

他呵呵大笑，撕掉我的水泡。

我渾身顫抖，但盡量不哭叫。無論如何絕對不哭。

「妳是人魚？不像啊。施法給我看，舉起尾巴給我看！你們不是可以自由變化嗎？快變呀！」

門嘎地一響推開了。一個高瘦的黑髮男人大步走進，身旁跟著另一位年長些也矮小些的灰髮男子。黑髮男人隨手拉張椅子坐下，灰髮男子侍立在旁。帶軍帽的男人甩開我，朝他倆翻翻白眼。燭火將三人身影映得細薄，彷彿都被灰堡誘捕、蠶食、生吞。

黑髮男人支頤微笑：「左拉，玩遊戲怎麼不找我們？來啊，繼續玩啊。」

左拉壓壓帽子，瞪他們一眼，隨即哼一聲甩門走了。

黑髮男人輕輕笑了。他轉頭，面無表情掃視我：「約瑟，讓她穿衣服，帶去醫務室。」

「是。」年長的男人點頭。他找出一套囚服給我，揮手示意我尾隨。他的步伐又大又急，我得不時小跑才能跟上。他沉默地清瘡包紮，又遞來一條麻斗篷，開口說第一句話。

「人魚怕曬。」他也這樣說：「為了以後好好幹活還是給妳方便。走吧。以後看到左拉，那個戴橘帽子的人就走遠一點。」

我點頭致謝。日頭高照，我一出醫務室便渾身發汗。我拉起斗篷遮掩陽光。手掌依舊刺痛。憤怒從未消失，但值得萬幸——理性尚未潰堤。我還在想，我為何來到這裡，我是什麼樣的人。

這個夏天，還長著呢。

＊

我們容克一族，早在更新世政權建立前四百年，便世代久居白城。即使白城數度易主，我們總備受禮遇。來到流放地前，我天天過著刺繡、種花、彈琴、跳舞的生活。我的人生目標也是所有富人子女的目標，優裕涵養，於適齡時婚配，養育同樣嫻雅的子代。我喜歡讀書，喜歡古老秘術，但這不過是寫意消遣。在我看來，汲汲營營嘶吼吶喊都是凡人的特質——太熱切的吃相是很難看的。我們家唯一汲汲營營的是父親，他議事講學，著書演說。回家後他常窩在沙發忖度：我是否說錯了話？方才那些人這樣說是什麼意思？杯弓蛇影惹得全家哄笑不已。沒人懂他窩囊的煩惱。

矢車菊島的生活很單純，囚犯的工作就是植草除草、推車鋪路、燒火、煉鐵與傾倒廢料。每月新船進港當天，我們會有例行集會，宣布要事，公開獎懲——大多是懲。若被指定為最佳囚犯，就有一個月夜晚帶著鐐銬放風的機會。當初一同入島的重刑犯並沒有和我們一同工作，有人說他們被終生監禁，也有人說他們在後山服更粗重的苦役。我們有時也花一整天蒐集海帶，自製道具克難地撬開一簍簍鹹腥的牡蠣；定時排班走進海蝕洞，餵食一種流放地專門培養的行獸，我不知牠確實的名字，人們這麼稱呼，我也就這麼喚牠。頂上的人叫我們做什麼，我們就做什麼。說實話很重複，都是沒什麼意義的粗活。頂上的人鎮日抽菸，躲在無風雨也無日頭的碉堡小心翼翼分配少量的菸草，糖與茶葉。他們也不知該給我們分配什麼工作，也不明白自己該做什麼。海島雖美，但沒多久便令人感到荒虛不值。傯懶的軍官卑屈的罪人，消磨人所有興致。

除了醫官約瑟，他總聚精會神替人治病，無論士官、島民或囚犯都一視同仁，從旁人的謙敬，就可知他頗得人望。全島最重要的三個官除了醫官約瑟，還有副首領官左拉和首領官望。流放地的軍營天高皇帝遠，人治勝於法治，許多事都是看長官的心情與喜好決定。左拉，這大概也跟約瑟一樣是外地人的名字吧。他待得最久，愛擺架子，愛拍馬屁的士兵與囚徒也不少。反觀單名望字的首領官，出入沒什麼跟隨者，排場反而比呼風喚雨的副官左拉更遜色。他看上去還十分年青，深沉眉眼與跳舞般輕快的步姿，我總覺得有說不出的古怪。

我來到這裡，才知道世上原來真有行獸這樣的生物。這是種頗具靈性的巨大食肉野獸，小則一公尺，大則數公尺。蛇尾魚鱗，牛鼻狗嘴，身軀像傳聞中的龍，不過臉則混合海豹與人的特徵。牠們的臉廓像海豹，漆黑光滑，但生滿巨齒，從頭頂至脊梁覆著一排生倒刺的暗綠鬃毛。獸眼圓而幽深，眼上有幾根稀疏白毛。動物有了眉毛就像人，彷彿有表情，會思考，看久了有些嚇人。有些體型似魚，身側有長刺，面頰生有長鬚。有些體型似鳥，擁有巨大的青藍羽翼，一根短羽比我的手臂還長上三倍不止。所有行獸終日蟄伏海蝕洞底，半瞇著眼，似醒非醒。海洞連綿，外圍堆滿亂石與刺網，非常深，非常濕，非常陰冷，我每次離開海洞，臂上總爬滿雞皮疙瘩。

老囚犯說成年行獸很有價值，魚行獸可以運輸貨物，鳥行獸則是重要的活物武器，馴養得宜，可以誅殺公海海盜與叛亂分子。不知他們從何處捕來，又如何培養這麼多？行獸數十，野性難馴，全需白城的安撫師加以牽制。不過我來到島上前幾個月，安撫師便因病過世。眾人都說：他是活活累死的。才三十歲，死時滿臉皺紋，掉光了頭髮。

每逢輪值餵食，眾人總顫抖不已。我倒不覺得有什麼可怕。我提飼料，一洞一桶，先潑一、兩勺在地上吸引行獸注意，再將整桶飼料潑灑在雙人浴缸大的石槽裡。一般人就是在這時被攻擊的。大多時候行獸總閉著眼，巨大灰敗像太古石像。當牠睜眼看人，那灼灼的目光蘊藏意志，有時狂暴有時慍怒，但更多時候，不過是犬科動物瞳孔常泛出的憂鬱與孤獨。行獸背後，數重海洞幽深，似乎洞中有洞，隱隱透光。我從不敢越雷池一步。

自從前安撫師過世，官派安撫師尚未遴選上任，失去箝制的行獸更加躁動，餵食事故頻傳。本就十分忙碌的醫官約瑟更是疲於奔命——他是島上最有官樣的人了。

「雖然你們死了，我們完全不必負任何責任。」集會時，約瑟爭取了一小段時間發言：「但萬一沒死成，我就得一個個把你們治好——實在累人，也浪費物資。」

他詢問是否有稍通動物性情，不容易被攻擊的囚犯。比如以前待過馬戲團、當過獸醫，在動物園工作的。要是自願，只需負責餵食，其餘勞役可免。有人從背後推我一把，我一個踉蹌站了出去。

「海倫？」他詫異看我一眼：「難得妳這麼積極主動。」

「有人推我。」我老實說。

此時身後的人群忽然歡呼喝鬧起來：「那好，她不怕——以後就給她餵啦！」他們什麼也沒看見卻指證歷歷，將行獸說成我的寵物，又說餵行獸之於我，就像餵雞餵豬那樣簡單。我忍不住低嘆，他們與我非親非故，這樣扯謊，無非自保而已。以前在白城，人們喜歡奉承我像白雪公主：黑檀木般的長髮，玫瑰般的嘴唇，白雪般的皮膚。在這裡，他們說我的頭髮像團海草，眼神像魚一樣木。當我面無表情站在隊伍裡，那張臉就充分顯出了魚相，需要互動，就以完美的笑容偽裝。我走路像魚踮起尾鰭，喬模喬樣學人頂天立地。也有人說我像修長的水蛇，嘴唇如珊瑚，皮膚如珠齒牙如貝。但無論如何，就是換了一組形容詞。我常偷偷照鏡子，除了手上多一枚火印，看不出和之前到底哪裡不一樣，但聽著聽著，自己也確實糊塗起來。

於是第二個月，我便專職飼養行獸。那些本該輪班搬運飼料的囚犯看我好欺負，個個都偷懶。我不想多生事端，自行要了推車，從營地一趟趟搬運七十多桶飼料。我手上的刺瘡與燎泡從未消過，我盡量忍受；沒人跟我說話，我也盡量忍受。

所幸這樣的日子並未持續太久。那天我一如往常獨自工作，其他囚犯各忙各的，或依舊偷閒看熱鬧。一個盤坐營地角落的女人突然咒罵一聲。她紅唇紅髮，一身古銅色的肌骨壯健結實，頂著一頭參差不齊的短髮，比男人還高出兩個頭不止。遠遠望去，如著火花樹，熱情暴烈。她大步走來，我下意識後退幾步，她一把扛起飼料桶摔上推車。

「推去哪？」她瞟我一眼。

「不必幫我。」我說：「請回去休息吧。」

「請？」她挑挑眉：「有夠做作。推去哪？」

她這樣說我也懶得道謝了。我悶頭領路，聽女人大聲嚷嚷：「從沒看過像妳這麼扭捏的人，哪來的？」

「白城。」我低聲答。

「殺人？」

「不是。」

「叛亂？」

「不是。」

「走私？強盜？賄賂？」

「都不是。」

「那還有什麼罪會被送來？」女人翻翻白眼。

「種族驅離。」我說：「非人類的種族就是罪。」

「是嘛。」她興趣缺缺地咕噥，我點點頭，關於我的事就這樣說完了。

「那妳呢？」我反問。

「殺人囉。」她笑笑，掀起上衣給我看盤據胸腹的矢車菊烙印。在一般監獄，這個烙印必須公開袒露。因為流放地看管相形鬆散，她才有機會穿回上衣。我忍不住閉上眼睛。

「我都不覺得嚴重，妳又在難過什麼勁兒？」女人再次翻翻白眼：「對了，我叫馬蒂。」

「我叫海倫。容克海倫。」

「容克家？跟降服南方諸嶼的容克法師有關嗎？」馬蒂喔了一聲。

「是，他是曾祖母的弟弟。」

「我們馬戲團曾演過他的故事，《戲懲白鯨》嘛。嗯……不過是當戲班還養得起海豹與水舞舞者的時候。」她眨眨眼：「真好玩啊，沒想到竟然在這鳥不生蛋的後花園，和大法師的子孫相遇。」

「現在不錯啊。至少在流放地，我們還能在自然中行走呢。」馬蒂笑笑，幫我把飼料推到洞口，站在外頭看我餵食。她幫我推了餘下幾趟，臉不紅氣不喘，而我著實輕省不少。一路上馬蒂總有說不完的話，毫不介意曝露自己的過去：她是馬戲團團員，自小賣藝維生，喜歡上一手調教她、長她十多歲的團主，但團主只不過把她看成一種便宜有趣的玩意。後來她失手殺死他，鋃鐺入獄，又在獄中屢屢跟其他女犯打架，就一路流落至此。沒辦法，生氣是忍不住的。

回程時我倆轉過草坡，碰上一群囚犯燒整野地。大火大煙燻得我們倆涕淚直流，為彼此的狼狽而哈哈大笑。馬蒂說她來這七年了，有個死去的朋友就是負責燒火的。他什麼都得燒，燒野草，燒石灰，燒屍體，每次見面都滿身煙硝。但每次看他燒地，那平靜柔順的神情簡直不像苦役，反而像整理後院雜草。這侏儒學士只當了短短半年的官就被流放到這裡，不出半年就死了。雖說是官，也沒人知道他是誰。但話說回來，人都來了，以前是什麼做什麼都不要緊了。馬蒂血氣方剛來到這裡，侏儒學士和我這麼乖巧也來這裡。都一樣。

我們看懸掛海線的日落，看矢車菊潑灑一種光冽的藍，浸著霞光，分外迷離嬌脆。若不曾烙印我身，她將是很美的回憶。不知不覺，我們已經走回營地，新朋友向我輕快地告別。這一天，我似乎在無盡重複與疲憊中重獲一點滋味。我還是相信痛苦與孤寂只是一時，只要耐心，終究能等到溫暖。

起先，只是幾個家族無聲無息地消失：藍兀兒家，慕古家，解家。我們當初還以為他們旅行去了。

＊

後來，城裡揭發了越來越多的異族犯行：某位翼人子爵偷盜無數；矮人副警長嚴重貪瀆，動員全家族暗中洗錢；植物園園長兼國家科學院院士，樹人黑胡桃女士涉嫌培製大量毒品四處流售。後來也無須太多理由，各地成立甄別中心，鼓勵自首與舉發，凡有十六分之一以上外族血親者，都需集中扣留。

父親火速辭職，上頭也批准，我們閉戶不出，試圖動用所有可能的人脈潛逃，但還是很快被拘留定罪了。即使我的母親是不折不扣的人類，她也還是被判了刑，理由是自願受異族同化，思想搖擺而危險。我們是第三批，輪到我們受審時，由於牽連人數太多，便下令悉數烙印流放——容克一族何曾想過會有今日這樣的屈辱？據說，我們是海神次女的後裔，善言語、潛泳、音樂與大洋祕法。傳說總是附麗，我不怎麼相信。我只知道信史：我們的祖先數百年自沿海崛起，出過國民樂派的交響詩大家、皇家鑑寶師、無數爵爺夫人。在身懷祕術的年代，他們曾受命與海底王國交涉，隨行軍旅，參與大大小小的戰役。我想馬蒂所說的，也許就是百餘年前曾出征南海諸嶼的容克海鶇。但《戲懲白鯨》？我就不知是什麼故實了。到了我們這代祕法已完全失傳，我也僅有十六分之一的血統。曾祖母才是我們這一脈最純的混種人魚：半人魚，容克海鶇在《我的大洋故居》自述中鬼靈精怪的長姐。我看過她的畫像：雪白臉皮，眼距稍寬，灰藍圓大的眼珠盡露狡獪之氣。畫裡的她不合禮儀咧嘴而笑，露出三角細齒，笑渦延伸至鮮豔修長的藍耳朵，像熱帶魚的鰭。聽說她總是穿著內縫魚骨裙撐的紫繡錦服，步態婀娜，沒人知道裙子裡是腳還是尾巴。她最自豪的，就是兩排細碎尖白的牙齒，掉了又長，從來不酸不蛀……

拘留之初，他們找來過去女校的禮儀老師感化我。我的老師一如往常引經據典，要我認罪。知錯能改，善莫大焉；莫要人不知，除非己莫為。放下屠刀，回頭是岸。

我端坐卻轉著筆，想著自己究竟犯了什麼罪，握著什麼刀。這個問題其實是「我為何來到這裡」、「我是什麼樣的人」的另一種變形。她說可憐的孩子，妳還不懂這罪有多深吧，掏出袋裡的書，本本都是論辯非人種族為何次等，為何醜惡。我說請讓我讀讀，她就走出去，從玻璃窗外殷切地看我。我終於能爽快地嘆口氣。她很和藹，不過說的都是別人教給她的那一大套，沒什麼自己的思想，又或者，奉行體制就是她的思想。這些書無非是以各種繚繞的論證，說我們這種存在就是原罪。只要有權力，聰明人都為你服務，聰明人會讓自己往合宜的方向繼續加速聰明下去，整個社會就是這樣演化起來的。按理來說我們海氏一族，不，容克家，在沿海發跡的時日還比更新世政權還早。那群在北方古國奪權失敗的逃難者若不是仰仗當地望族接濟，當初是無法在這塊土地立足的。人類、人魚，矮人，樹人等大家族任他們自由傳播思想，帶他們在廣袤的南方大地四處遊覽學習，傳授另一套植物與動物，礦脈與海洋的知識。他們則帶給我們北方古老的符文、星象、火器與冶金術，政治與教育的體制。這個國家最初是各族共同締建的，可惜我們的祖先沒有爭王的意識。建國之初我們被封為貴族，賜予「容克」尊姓。我的姓名有四個字，比起一般人的單名，更高貴有氣勢。課本對當初他們如何狼狽，如何接受望族捐助隻字不提，然後再讓禮儀老師拿這種課本教我。實則我們所知比她還多。為了防堵北方古國的追擊，人們還頒布一套禁北法案，拒絕一切古國的人事物。諷刺的是他們如此厭惡古國，卻又因襲諸多古國制度。更諷刺的是，現在被清肅的每派異族貴冑，當年都曾列席簽署法案。這次新政就是拿禁北法案稍事調整就公佈了。他們喜歡拿特定族群轉移社會的怨氣，建國時是北方人，和平時是年輕人，現在是我們。

我洋洋灑灑寫下悔過書。寫他們想看的吧。我只希望有機會跟家人重聚。節制隱忍，善解人意，是容克一族的天性。非人種族已經在白城佔據太高太多的位置，也無法像先祖各展所長。我們也確實心懷僥倖，忘記一味謙順不懂自保是多麼危險，人的理性與良善都是此一時彼一時，不可靠。

來到島上以前，我原以為自己只是從白城監獄移送到另一座監獄。但在這裡，我雖工作繁重，卻能自由行走與聊天。每天總是馬蒂推車，我負責餵食，我漸漸忘了自己犯錯服刑，以為自己天生就該過這樣的日子。城裡的花影煙雲，越是回想越是稀薄。平順善忘——這不就是意外的幸運嗎？偶爾交通船會順道捎來中央的消息。據說因無人願意派駐矢車菊島，新任安撫師持續空懸。這個官因管理行獸，官小責重，故直屬中央，免不了精挑細選。

我只見過行獸飛一次。士兵跨騎行獸準備出巡，才剛跨坐沒多久，行獸便瘋狂嚎叫，摔下背上士兵，狠狠撕啃。幾個士兵連忙朝行獸的腳開槍。行獸重重摔在地上，嘴裡還銜著露出半條小腿的士兵。他們射了幾次麻藥，行獸怒吼幾聲便不動了。幾個士兵拿魚叉撬開行獸的嘴，拖出胸腹被咬出成排血洞的士兵。

「死了。」約瑟嘆口氣：「找地方埋了吧。」

「那行獸……」

「拖回去，別讓牠受傷。海倫妳跟去看看。」

眾人費了一番功夫才將行獸拖上木推車，又找來二十多個士兵，好不容易才將行獸拉回洞口。那些人飛快走了，留下癱瘓的行獸嘶嘶喘息。我顫抖著撫摸牠骯髒的藍羽——其實很柔軟，不如想像中可怕。我認為牠如此鼓噪並不是發怒，而是害怕，彷彿有什麼東西正挾制牠。海洞四壁滿是灰綠刻痕與駁痕，生滿綠苔，正後方岩裂尤深，可能是行獸長期劇烈甩尾撞碎了岩石。行獸尾巴上也嵌著不少碎石，輕輕拔起一塊，傷口便滲血。眼下這隻受傷低吼，沒多久從其他海洞也隱約迴盪陣陣可怖的低鳴。我覺得可怖，不是因為兇殘，而是那淒涼的低鳴會傳染。

「這是幼獸。」背後忽然傳來人聲。我回頭，年青的首領官緩緩走來。

「短角，羽色偏白甚至透明，爪子卻利。」他說：「幼獸最容易出事。」

首領官在行獸面前停住。伸手按住牠巨大濕潤的鼻尖，閉眼默念，似乎正施行一種我不知道的法術。漸漸行獸的鼻息低平下來，他由上自下輕刷行獸眼瞼，姿勢優雅像指揮樂曲。那幼獸便閉上眼，沉沉睡去。

「牠似乎是害怕，不是生氣。」我說。

「是啊。這種生物剛來到世上總是害怕，之後便是憤怒了。」他微笑：「妳很了解啊。」

「只是有點感覺。」我搖搖頭。

「會施法嗎？」

我依舊搖頭。首領官又笑了，我很疑惑他為何如此愛笑：「是嗎？簡單的咒語也不會？那妳能治病吧？就算被烙印不方便施手印，施些簡單的口訣與選擇藥物還是可以的。人魚在這方面可是天賦異稟。這樣吧，我准許妳使用口訣與草藥。在新安撫師到任前，妳就暫時權充安撫這群怪物的人。」話畢，他擺擺手，轉身離開。他走起路來輕飄飄的，行獸彷彿一個鼻息就能吹垮他。

「首領官——」我連忙叫住他。他回頭瞧來，我支吾解釋：「我一直過著人類貴族的生活。我對您所說的天賦……幾乎一無所知。」

「大草原的民族，善騎，善跑。矢車菊島的孩子，幾乎打娘胎就會游泳，深潛，預測天氣。每種生物都有天賦：不特別費力就能輕易做好。」他沉吟一陣：「人魚，就是對其他生物有特別敏銳的感受。也就是說，他們有成為好術師、好馴獸師的潛力。」

「坦白說，我有點意外啊。大多數的貴族難免私相授受，但你們容克家未免也太老實，完全沒有傳給子孫任何技藝。」他冷笑一聲。

「我父親確實從來沒教過我們。這些技能在白城派不上用場。」我說：「不過，我曾偷偷從別的長輩那邊零碎地接觸……只是興趣。」

「那，想不想趁坐牢時學些才藝？」他唇角微勾：「《百草繪卷》、《傷寒雜論》、《獸法入門》……這些妳讀過嗎？還有，單靠手勢與眼神的基礎溝通，其實妳已經懂得一些了。這些很基本，甚至不完全算是法術的範疇。」

我似懂非懂點點頭，他便像個孩子高興地拍手：「做好小嬰兒在大海游泳的覺悟吧。我會叫約瑟每天找時間教妳。」

我很快就意識到這對話有多荒唐。我趕忙搖頭，才脫口稱大人，首領官便輕輕搖手，示意我不必爭辯。

「沒關係。我們實在缺人，武夫很多，懂得治病與和猛獸相處的卻不多。約瑟應該很高興，有人能分擔工作。」

他把方才的簡單口訣教給我，要我到村莊附近，島西的牧羊地，從幫羊治病練起。這些授受與自由超乎預期，我一時反而惶惑不安，但一股陌生的動力還是驅迫我拉起斗篷往西北角走去。彷彿眼前閃閃的——也許我還是想擺脫生活的泥淖。

我走出軍營，沿路默記口訣，費了很大一番勁才依著路牌走到島的另一端，找到由亂石與叢生矢車菊圍起的牧羊地。羊群後是巨大連綿的海蝕洞，幾隻羊就臥在洞前有光處歇息。島上的草少得可憐，羊且行且止，十分倦懶。除了羊，幾種海鳥與蜻蜓，這裡沒其他動物。

一走進羊群，幾隻羊便擎著角撞過來了，可牠們走得慢，力氣也小，連我也可以輕易推開。我就這樣小心穿越羊群，找到一隻蜷縮於石堆陰影的羊。那羊跌傷了蹄，正舔舐自己的傷處。我默念幾句方才學來的話，輕撫傷口，那羊便在岩塊間慢慢伸直腿，在日頭下晃悠。沒多久，那羊蹬上岩壁，在海洞上輕巧跑跳起來。

我忍不住笑了，手腳並用爬下西北角往回走。突然，一位少年從羊群盤據的大石間敏捷跑來，追過我，在路邊衝我咧嘴大笑。他剃光了頭髮，頰上有曬斑，手肘有醒目的星狀傷疤。還是個孩子啊。我點頭致意，避開他。

「妳是誰？」孰料少年一路跟來。他朗聲問，我沒回答。

「妳幾歲？」他又問。

「你幾歲？」我反問。

「十一歲。」

「我可比你大多了。」我繼續往前快走，他在後頭咯咯亂笑：「嘿，拿下妳的斗篷。」我轉過身，順從拿下。少年開懷笑了，露出尖白細牙，很滿意的樣子。他的笑容讓我想起曾祖母的畫像。

「你手上的傷怎麼來的？」

「小時爬上岩礁摔傷的。妳是誰，犯人嗎？」

我點點頭。

「妳從工業城來嗎？」

「不，是白城。」

「那工業城漂亮嗎？妳去過嗎？」

「沒有。聽起來就是無趣的地方。」

「我爸爸，伯伯和叔叔都在工業城。」他咧嘴笑笑：「不知道工業城和白城近不近？妳有沒有看過他們？」

我搖搖頭。少年便像忽然洩了氣，嘛嘴席地而坐：「每個人都這樣說。」

「對不起。」我看看日色，歉然道：「我該走了。」

他無精打采喔一聲，要我記得下次再來。

夜晚我們報備後，走下營地後方石階，往礁石堆垛的海岸去。我跟馬蒂聊起這事，她連聲怪笑不停。

「真可愛啊。」她嘲弄打趣：「這年頭，這種地方？可惜啊，是小毛頭。」

我沒答腔。即使如此我還是高興。這可說是平淡生活中少數的調劑了。我想起以前在白城清閒的下午，我和女伴坐在花園酒館的露台喝酒。時不時出現穿著得體的男士，請我再喝一杯。若喜歡他，我會買單——我一向討厭虧欠男人。

潮聲大作，如某種巨物飢餓的空號。馬蒂難得夜晚出來放風散心，走著走著，便不自覺甩開我走到最前端的海岬了。我拉緊斗篷，坐在灘上回想白天種種，心念一動，偷偷試著施一道過去學過的法術，但雙手烙印處旋即燒來一股股劇烈的灼痛。一想起那炙紅的圓印、焦炭氣，與皮膚剝裂的聲音，我便再次顫抖不止。我強忍住痛，雙膝跪地，冷汗直流。

「怎麼啦？流了一臉汗。不舒服？」馬蒂走來。

很難解釋，我只好先點頭。

她笑笑，把我拉往灘邊。「也許泡水會好些？」

我脫下鞋，撩起裙襬走進水中。入夜海水冰涼，浸透腳趾，足踝，小腿。我找塊小礁石坐下，看海潮一波波淹染裙角。上回看見海是什麼時候？我，人魚混血，人人都說我是有罪的水族。但我其實不常去海邊，甚至不會游泳。我們服膺規矩，最後失去一切，還剩下什麼？

「如果真有海神，希望海神能聆聽我說的話。」我默禱：「希望我愛的人平安，希望我能找到天賦，希望我能像海有力但是平靜。」

海，美麗卻心事重重，清澈卻也無比汙濁。海總如此沉默。

*

我從治羊學起，再學習醫人。從簡單的灰癬與炎症，乃至脖子腫大，惡瘡、眼病與產後調理，一樣一樣慢慢學。我認為這是拋開過去，走向新生活非常重要的過程。每天我都像拼命吸水的海綿，努力將自己填充成截然不同的人。過去我已不願回想，也不願計畫什麼未來，也因此這有限的流放歲月，反而相形充實安定。

約瑟負責教我相關藥草與治傷的知識。他職務繁重但從不抱怨，總是每天下午三點準時出醫務室偕我進村。他之於我，可說如師如兄。他可以不帶感情滔滔宣判病人為何無藥可治，解釋因缺乏物資，病人將有幾種惡化的可能。除此之外，他絕少搭理島民的攀談，即使他早已摸透每個島民的脾性。

後來約瑟認為我可以單獨試試，便讓我去一天，他去兩天，他進村時，我便和其他囚犯一同採集藥草。一般小病對我已經沒有困難，不過太嚴重的刀傷、火傷與腫瘤，我還是無法處理。也許因為有問必答又笑口常開，我漸漸跟村民熟稔起來，幾位年長女性還教我許多自家的藥草知識。比如滿島的矢車菊就是現成入藥良方：泡茶助眠，磨碎冷敷；或混羊乳敷面，或摻糖釀蜜，用途繁多。他們告訴我，現在所見的這種藍色大花，其實是外來矢車菊與本土島菊的混種。島菊小而偏紅，嘗起來更苦鹹有藥效。島菊只生長在近海高鹽多風的小丘，淡水一多便膨爛而死。他們稱這種島菊為海神之血。自從外地人開始培育出混種，強勢耐養的矢車菊，島菊便日漸絕跡了。混種矢車菊，保留了原有的青藍，卻有類似橙花的苦氣。此外，島上的矢車菊竟是由蜻蜓授粉，這也相當罕見。

我進村醫病，左拉早就看不慣，只因首領官壓著，又有約瑟帶領，工作名目混淆不清，一時難以大加責備。約瑟放手讓我進村時，又正值左拉進城報告之時，我便幸運躲過了幾十天。按例來說，向中央述職本是首領官的職責，可左拉卻能越職代表，可見他確實更受器重。不過左拉一回矢車菊島，便有人舉發我獨自看診的事。當日集會他便當著全營與首領官的面，喝令我與約瑟出列下跪。

「狗到哪裡都是狗，罪人永遠是罪人，怎麼能做醫官的工作？」他斜睨約瑟：「你這醫官未免太偷懶了。」

「這是首領官同意的。」約瑟解釋。

「瘋子的話怎麼可信？」他瞟瞟角落的年青男人：「你知不知你真正該服從的是什麼命

令？」

「知道。首領官。」約瑟肯定回答。

「你以為我不能拿你怎麼辦？我現在就扣你半年薪餉。」左拉先直指首領官，又轉頭對眾人大聲宣示：「很快就是我當家。你們誰還做他的狗？」

眾人一語不發。也許顧忌，也許麻木，也許只是看好戲。首領官依舊端坐，對方才的羞辱不發一言，甚至顯得心不在焉。

「還有這不知輕重的賤貨。」左拉發落完約瑟，瞪我一眼，隨意卻矯作地喝令：「來人——把這女人的手給剁了，看她還怎麼作怪。」他總說我是天生有罪的雜種，但在現下的咆哮中我又成為女人了——所以我到底是什麼呢？想來公正嚴明的左拉大人也弄不清楚。

身旁的士兵互望一眼，左拉暴喝一聲，他們便猶豫地上前扣住我的手。我掙扎了幾下，卻似乎讓他們意識到我為什麼來到這裡，我是什麼人。他們揪住我的頭髮，將我牢牢按死在桌上。囚徒還是囚徒。

「別鬧了，左拉。」首領官終於揉揉太陽穴開口了。左拉見他一臉厭煩，挑釁起來：「誰在鬧？你為什麼放任重犯到村裡去？還叫醫官教她？」

「這樣不好嗎？可以減輕約瑟的工作份量。因時制宜你不懂？規矩都是次要的。」首領官若無其事回答：「若不是你什麼也不會，我怎麼會要他們做這些事？你除了努力抓人把柄進城打小報告，還會做什麼？」

「不准汙衊中央派給我的工作！」

「究竟是誰汙衊了誰的工作？」首領官翻翻白眼：「興風作浪，把一個好好的集會拖得這麼長，讓所有人看你演戲？我先說結論吧：約瑟不會被扣薪，海倫也照常治病。我們人力太少了，光是約瑟一人要看遍島上所有生病的村民、囚犯、軍人，行獸與動物，負擔實在太重。在新安撫師上任前，我覺得找合適的人工作沒什麼不可以。」

「是罪犯！」左拉更正。

「這座島上沒有罪犯。」首領官笑了，一字一句柔聲道：「這裡關著什麼樣的人，你也不是不知道。」

「目無法紀。你把中央的裁決當成什麼？」左拉瞇起眼，眉頭與鼻皺成一團：「如果沒有罪，她怎麼會來這裡？」

「你愛批評我也不是一天兩天的事了。」首領官聳聳肩：「你既然這麼懂我，就知道再講下去永遠沒結果。可以散會了。」

「你這隻蛀蟲！」左拉齜牙咧嘴低吼。他推開椅子，如兀鷹盤繞前庭：「你以為我不知道你想幹什麼？我不會讓你得逞的。我上台後，你就完蛋了。」

望斜睨左拉，而後笑了。先是咯咯輕笑，而後笑聲漸大，終至無可遏抑地狂笑。大概是氣瘋了吧。眾人手足無措，左拉也得意地怔住了。

「隨便你。只不過，我現在還是可以制裁你。」

左拉冷哼一聲，拂袖離去。我跪在地上，一時竟無法自己起身。這個人總是清楚提醒我何謂現實。只要有一個這樣的人，我的處境不會有任何改變。當年判決也是這樣的。在特殊法庭，熟人們一個個站在遠處指證我們。還來不及答辯便發落了。進法庭前，我們的律師便兩手一攤，坦言他不過被安插來做做樣子。為了自身安全，他不可能為我們積極辯護。等會開庭你們最好一句也不說。多說多錯，少說少錯。也許越是服從，結果越好。

「不要怕。」約瑟低沉的嗓音喚醒了我：「我們沒有錯。」

我雙手撐地，費勁直起腰來，膝蓋隱隱作痛。

現在退縮又有何助益？當初我來到這座島，何曾想過首領官和約瑟會這樣幫我？現在放手，現在順從，就什麼也沒有了。

在諸家村民中，我對海德家與海珠家特別熟悉。他們是鄰居，海德便是我第一次進村碰見的少年，與海燕婆婆祖孫倆相依為命。海德的伯伯、父親、叔叔三人都去了大陸。海珠家則只單住海珠，她的丈夫海跖半年前也搭船離開。島上數十戶人家，近半都沒有男人。並不是男女地位有別，或唯獨男人想去大陸，而是規章如此。白城只徵求男性島民，因而半自然，半強迫地形成了以年長女性為中心的聚落。

海燕婆婆一百零二歲了，是村中最高齡的長者。除了兩腿風濕，此外康健無虞。滿布皺紋的眼如兩甕老酒。雖則大多時候，她只是花一整天煨芋，靜靜喝著魚湯與矢車菊茶，至多是個懂得過日子的老人。海珠幾個月前放羊時不小心摔跤落了胎，鬱鬱寡歡，還得海燕婆婆時不時照顧她。平常我去，就是看診給藥，喝矢車菊茶，幫忙剖魚曬魚，兼聽海燕婆婆說故事：太初，地海互食，彼此不斷吸收，長大，從不停止變化。地與海的吃並不是為生理飢餓而吃，而更像是遊戲，出於無意識，且從不疲倦也從不疼痛。在那時候宇宙還極廣袤空曠，萬物尚未定型之時，地與海能時不時化為人，化為獸，化為魚鳥；有時地是少女，海是少年，有時海是少女，而地是少年。從雲頭俯瞰，就可看見它們迅疾的變化。變化時，泡沫為人，碎石為獸，矢車菊則是嬉玩互食流下的血。人與獸也不停止互食，但這種互食卻攸關性命飢餓，先因果腹再因爭地，時常陷入疲倦與劇痛之中。後來，人艱難地馴服了獸，與獸訂立契約，地與海也成為神靈。原初的島民在每個岬角以珊瑚礁與貝殼搭起小海神廟，但白城統治後拆除大半，僅餘後岬一座。

村裡十五歲左右的孩子只有七個，嬰幼兒也僅有五個。年年村裡都會發放彩畫冊子，教孩子認最簡單的字。那些冊子畫滿各式新奇事物：七彩洋蔥尖塔，青銅巨像，玻璃港口與紫石磨砌，終日白煙繚繞的千井之城，皆是彼岸勝景。關於矢車菊島的一切我並不清楚，但我卻很了解生於斯長於斯的白城。孩子也不太懂得自家的矢車菊島，卻都嚮往彼岸的白城。他們連行獸是什麼都一知半解，一見碉堡便渾身冷顫。白城將島的一邊劃為監獄，另一邊則令原生居民自生自滅。這裡的居民像被圈養，只能蝸居島西，連漁船也不准擁有。不許從軍，不許從政，想受教育也是困難重重，唯有申請進城勞動相形簡易。想尋求發展，只得漂洋過海。在矢車菊島，沒有任何機會。

孩子們也帶我看村裡的廢棄小屋，他們的秘密遊戲場。那是半穴居的矮石房，海德告訴我很久以前這裡住著女巫一家，專替人治羊馴獸。後來女巫一家不知為何全離開了，這間小屋便荒棄了幾十年。小屋久無人居，石縫與屋簷都爬滿野藤與矢車菊，也有海鳥築巢。石屋天花板掛著大大小小的羊角與海螺，還遺下幾只鍋爐與魚鉤。孩子們平常就在此嬉戲、發呆、小憩，看陽光或雨水滴滴答答滲落。

「外面有什麼？」海德時常這樣問。

「什麼都有啊。」我回答，接著描述了堆滿錦繡絲布與果品的集市，環城的高聳杉木林。在白城，百橋千塔，運河迤邐。那些橋與塔選用偏白的石材打造，粉白，灰白，青白，雪白；有些是島上貝殼沙或海水拍岸泡沫的顏色。有些高而陡而細，像蜘蛛腳，走上去總讓人心鼓鼓直跳。這些我熟悉的皆是我喜愛的。

每隔數月就有一艘交通船，載來罪犯，載走渴望出外奮鬥的島民。海德喜歡聽汽笛聲，看那灰白巨船昂然進港。船進港時，他常和其他少年一同站在海岬眺望，雙眼粼粼放光。我同他也為了他，微顫昂揚不安。海燕婆婆說過，那些離鄉背井的男人至今沒一個回來。軍人與囚徒，已經超過島民百倍。

＊

新月又來，大船入港，流放地悄無聲息迎進了新安撫師。回營晚飯時，我才從馬蒂那邊聽來一些傳聞：那個瘦小畏縮的老人家，沒有儀仗，沒有介紹，如幽靈縮進營區深處。逢人就低頭諾諾，說請，謝謝，對不起。可憐的爺爺，連路都走不穩，何必照顧什麼野獸？

隔天，我就在洞口瞧見了那戴紫氈帽的小老人。我出於禮貌打聲招呼。老人一如傳言壓脖子縮肩膀地回頭了。我們四目相對，彼此怔了半晌。

「海倫？」

「晚谷叔叔？」

「好久不見，真是好久不見。」老人興奮地直起身，一拐一拐走來，與我無聲擁抱。

他比從前更清瘦，頭髮也更短更白。見到晚谷叔叔我自然高興，可同時也興起一種複雜的情緒。高興，是因為遇見故人；複雜，則是因為故人使我忍不住又想起過去，繼而重感強烈的剝奪與不平。

「一切都不同了。」晚谷叔叔長嘆一聲：「前幾年做什麼都被監看，現在能來這裡，也是因為上頭沒那麼在意妳們家了。」

「反正我們也翻不了身。」我微微一笑。

「我聽說矢車菊島重徵安撫師，就想來了。」他眼神微爍，努力裝出稀鬆平易的模樣。是啊，這位我父親的好友當年緘默無言。光是他們共事的部門就有五個家庭遭罪，每一家他都親厚，就是不願多說好話。

「為什麼想來？」至少他還懂得愧疚。換作我自己，未必比他勇敢。我壓下不快柔聲接腔。我可是非常擅長轉念思考的：「一路上都好嗎？」

「我沒事，不過局勢不好。議長被暗殺，議院亂成一團，原本新送往鐵森林的流放者途中暴動，殺光了押解軍，還占據了一個小鎮。雖然那群犯人後來全被屠殺，但官方死傷慘重，勝了也沒什麼好高興的。」他搖搖頭：「大家亂成一團，根本沒人管我，也沒人想來——我沒有競爭者。」

我們沉默半晌，相視而笑。

「我剛剛費了好大力氣才讓牠們鎮定下來。要不是石壁上刻滿符文，牠們肯定更有力氣。妳見過那些嗎？」他話鋒一轉，指指行獸問道。

「見過，我負責餵食。」

「牠們吃什麼？」

「一些肉吧，也有魚。我拿到時都是一桶桶的肉泥了。」

晚谷叔叔點點頭，又問我過去幾年的生活。餵食行獸，學習治病。如此平淡，不出十分鐘就說完了。只是，自由使我儼然是最有特權的囚犯，為此我時而惴惴不安。

「妳是貴族，十六分之一的水族。妳因為血統遭禍，卻也因為這身分在這裡越來越好過。」

他說：「這樣也好。這生物是白城特意培養的，了解秘密總有好處。」

「我對秘密沒興趣。」我連連搖手。

「興趣是曖昧的詞彙。」叔叔瞇眼笑了。「重點是萬一哪天出了事，妳該有能力反擊。了解秘密甚至製造秘密就是武器。就當我這老頭想太多吧。」他拍拍我的肩：「妳悔過態度良好，沒人執意重罰。再說妳以前的朋友也說了很多好話……其實在這也好……比妳的家人好些。北疆湖泊天寒地凍；鐵森林改造場的苦役是出名的苛酷；在荒原勞動的人一天只能吃一頓飯，那片凍土實在太貧瘠了，。」

似乎瞧出我臉色不對，他歉然咿唔：「妳的父親還好，只是失去自由，沒受折磨。不過妳的母親與弟弟，我就沒聽過其他消息。就一個孩子來說這是大不幸；但就一個人而言，妳還不夠老，還算是很明朗。」他還是這麼擅長鼓舞人：「加油。熬過這五年，妳就自由了。到時妳也擁有足以謀生的技藝。天地之大，哪裡都能去。妳會成為全新的人。」

「去哪都可以？」心口一股灼熱流淌，快意微醺。

「去哪都可以。」他笑得無比溫煦。

＊

在日常中磨耗不見得是壞事，除了磨損各自的心志，還磨損各自的不安與敵意，將每個人都磨成朋友。初見晚谷叔叔時，我還對他心懷怨恨，可漸漸我發現他是島上少數說得上話，或至少帶來熟悉與親密錯覺的人，最初的猜忌也就暫時壓落心底了。

晚谷叔叔說他想在此終老。這裡清靜，白城令人緊張。他和我一樣喜歡去孩子們的廢棄小屋。他還常去海神廟附近蹓達，可惜海神廟在後岬，管制區，我去不了。

他向首領官建議讓我學習進一步的行獸駕馭與安撫技巧，長官也同意了。起初我一爬上行獸的背，行獸便不住嘶晃。好不容易爬上了，但一想轉向或走動，就會被行獸故意猛甩下來。我技藝不精，反而像行獸駕馭我，我只是牠背上的貨品甚至飛蟲。若是晚谷叔叔施展，牠便像賞他面子，搖頭擺尾緩步跟在後頭。此時晚谷會騎另一隻，把原先那隻讓給我，叼根菸，戴著厚手套的手輕拉獸鬚。他就這樣站在烈日下陪練了好幾個下午。

約莫兩週，我開始上手了。除了裝備不齊、容易擦傷外，騎乘行獸就像騎車或游泳，非但不令人恐懼，反而令我感受如魚得水的快樂。我有時挺直上身，輕拉獸鬚，示意牠跟從我的意志；有時我彎下身，在頭部最柔軟之處俯首貼耳，聽鱗甲下方傳來的跳搏。那儼然是另一種深不見底的世界。牠體內有各種呼嚕交錯的聲音：隆隆聲，號叫聲，磨牙聲。還有來自最深處海浪般的起伏，竟能使人沉靜下來，感受如母親環抱的撫慰。

「進步很多了。」晚谷叔叔見我越見上手，讚美一聲：「可惜不能騎著牠飛上更遠的地方。妳只能偷偷騎。」

飛上去看一看誰不想？我回想起海燕婆婆講述過的創島神話，順口向晚谷叔叔提起，這前任南洋植物學家頻頻點頭，似乎對這話題很感興趣。

「其實以前島上的人也騎行獸啊，駕馭行獸是他們的天生本領。」他說：「傳說的描述就是人從高處俯瞰——乘駕行獸四處翱翔的角度。」

若真如晚谷叔叔所說，過去的島民天生即能騎乘，實在令人驚羨。他談興一來，隨意坐上亂石，掏出羊角水壺喝水：「這是島上的原生野獸再加以配種的生物，也有人說第一隻行獸是島上的大巫變化而成。在那個年代，人與動植物自由轉化並不是奇怪的事，翻翻其他國家的神話就知道了。島上的住民成功馴服行獸，或更謙卑地說，與行獸合作，自由來去諸嶼。最遠的一次甚至飛上大陸，在黎明岬角建立了部落。」

「其中大海盜海霧，可說是所有騎行島民中最赫赫有名者：三百年前，她是海盜之母，建立了以矢車菊島為據點的海盜王國。據傳她是個高大美麗的女人，騎術精湛，善於聆聽百獸語言。身著紅衣騎巡，風姿出眾，被譽為大洋珍珠。黎明岬角的部落就是海霧建立的，當時鄰近的燈塔列嶼、珍珠灣、碎甲群島與巨龜島，全是海霧的領域。可當海霧六十歲時死於血疾時，這巨大卻鬆散的海盜聚落也於焉瓦解。兩百年後，上述所有海島，包括矢車菊島，全被更新世收編、馴化超過百年，現在島上已經沒人敢騎，也不會騎了。」

「怎麼馴化的？」我追問。

「獸性難制，人卻容易壓抑。」他答：「當初征服矢車菊島時，島民強烈抵抗，雖好不容易打勝了，島民卻又時不時聯合行獸反叛。野蠻的後花園，島上全住著一堆海蠻子。這外號就是這麼來的。後來，政府收買了幾個島民，使他們自相殘殺，又自行培育行獸，最後以壓倒性武力鎮服島上所有暴動。他們殺光所有能騎行獸的成年男女，只留下少數人，日後稍有不軌，隨即綁在海岬率獸啃食，強迫島民圍觀。長年下來，會騎行獸的島民幾乎滅絕，餘下的人們世世代代在恐懼中長大，再也不可能翻身了。」

「當年……為什麼不滅絕所有島民？」我不免好奇：「不斬草除根，又管又威嚇，不也大費周折？」

「這我也不清楚。」晚谷搔搔頭，哈哈笑開：「問倒我啦！別再問了。」

「晚谷叔叔，您什麼時候有研究矢車菊島的興趣？我怎麼不曉得。」

「很久以前。研究南方諸島就是我的興趣，但只能研究植物，礦物這些純屬自然的東西。」晚谷摸摸氈帽，莫名紅了臉：「興趣只能是興趣，尤其是這樣危險的歷史。」

＊

現在看見島上的孩子，我總不自覺感到歉疚，甚至憐憫。雖則對他們而言，這些愧歉也許純屬多餘。特別是海燕婆婆。她必定活過那最混亂之時，無聲地忍耐蟄伏。當她看著孩子，孫子，甚至曾孫們都想離開小島往本國去，不知做何感想？我有惑卻不敢探問。

但我確定海德是想離開的。矢車菊島就這麼點大，他一直想出島好好見識。看海以外的地方，看大城，看許多人，看高山與森林。雖然得像爸爸一樣進城辛苦工作，也不能再游泳放羊了。身邊的人都以為這是不壞的決定。海燕婆婆還健康，其他人也會照顧她。就趁這時出去看看吧，只是要記得回來。其他孩子聽了，或多或少也動了遠遊的念頭——他們在對岸都有家人。我倒以為：若是離開的人認識外頭與家鄉的差別後還願意回來，這座島很快就會大不相同了。

這天集會過後，首領官要我留下。他拿出七張紙，問：「這是下個月的出島申請許可，妳認不認識這些孩子？」

我接過紙張，略看了看，又遞給首領官：「認識。海德，海松，海芒，海日……都是村裡的孩子。」我不知他們什麼時候繳的件。也許是輪到約瑟看診時，他們向約瑟討來的。

長官翻翻紙卷笑了：「勸他們留下吧。他們是島上少數的孩子了。」

「為什麼？」

他兩手一攤，傲慢無比：「出去做什麼？對他們未來的人生沒有幫助。」

我不敢相信長官會說出這樣的話。比起城市，這裡多麼荒涼？他怎麼可能不明白？孩子想出去見見世面，他憑什麼阻止？

「你只想把這些孩子鎖在島上？」我怒斥：「他們實在可憐。」

「看來看去不都一樣？」長官沉吟聳肩：「這群海盜後代已經是次等公民了。島上的人乖乖留在島上就好。進城不過是做人奴隸。」

「不會的。」我說：「這是個機會，看這世界到底是什麼模樣，而非照單全收別人要他們相信的樣子。他們的家人不也過去了？」

「所以妳覺得這是個機會？看看我，看看妳自己？」他瞇眼笑笑：「是嘛？那好吧。」

他火速簽完文件，啪一響擲落地上。我愣了愣，彎下身，慢慢撿起四散的草紙。

「海倫。」他話鋒一轉，打哈欠：「妳來這座島多久了？」

「快三年了。」

「不知不覺啊。」他仰頭伸展雙臂。

「比起其他人算好了。畢竟只判了五年。」

「是嗎？說實在……」他重新坐直，左手撐頰笑眼微彎：「妳難道不曾覺得……不合理？」

我不知如何回答，他隨即哈哈笑開：「儘管說吧。我也不想告訴別人我這麼問。」

「事情來了只好接受它。忍一忍就過了。」我說：「我的家人也這麼想。」

「忍一忍就過了？」他輕輕巧巧地笑了起來：「看來狗急才會跳牆是真的。正因可以忍受，許多痛苦才會一直理直氣壯地存在。」

他推開椅子站起來，開始繞桌踱步，輕盈鬆軟，像是跳舞：「妳的奴性太堅強。妳的理性就是妳的奴性。要是少點理性，多釋放點真正的個性，妳會遠比現在更幸福。」

「真正的個性？」我挑眉。

「是呀！高興，憤怒，感謝，憎恨，更多的懷疑與欲求。即使不合規定也沒關係。那些訂下規矩的人難道真的更有智慧，更仁慈，還是更有能力？」

「這是魔鬼的話。」

「妳跟我的搭檔很像。當我好心提醒，她也是這樣故作嚴詞指責我。」

「是嗎？然後呢？」

「我搭檔最後採納了建議放手一搏。前途將無可限量。」

「是嘛？」我故意沉吟一聲：「您的搭檔在哪裡，您又為什麼在這裡？」

「她被判死刑，我被降職囉。」

「人都死了，哪來前途無量？」

「她不會死的。」他信心滿滿地說：「她將從死裡回來，比以前更堅強。我們這種靠著才能或血統一路順遂，從未嘗過失敗滋味的人，早就給自己設下層層疊疊的繭，必須經歷一種徹底的斷裂，才能突破這些妨礙前進的執著。」

我不懂首領官真正想說什麼，只隱約感覺這些想法古怪而又危險。我不知他經歷過什麼，但老實說我也沒興趣。我對那些玩世不恭的挑唆感到厭惡，不僅失去首領官的風範，還顯得任性。他什麼都有，一個從未被剝奪過什麼的人，有什麼權利指責他人的軟弱與貪圖安逸？我不聲不響掉頭離開，那些輕挑的高調還是令我生了氣。

那幾個下午，我跟他們一起採摘矢車菊，看海燕婆婆與海珠打點行李。一個人需要的不多，能帶走的也不多。愛少年的人所給予的，遠超過少年的所需與負荷。海燕婆婆罕見哼起古調。那古調以島民古語吟唱，綿長悠緩，帶點小調祭歌的蒼涼。

孩子們稱讚婆婆唱得好聽。他們從小學習更新世語，大概不明白那調子唱了什麼吧。他們只是單純被音樂打動罷了。

啟程那天，我們到港邊送行。少年們揹起行囊走上甲板，在出島的隊伍中笑顏燦爛。出島的人總是笑，入島的人總是憂愁，後者身負烙痕，看見灰堡、海洞以及滿開的奇異藍調。少年所見，則是無垠的大洋與海鳥——身無長物，無比純淨。我由衷期待他們的新開始！

*

海德離開不過月餘，海燕婆婆便收到了信，海珠也收到丈夫來自大陸的短信了。海珠的丈夫還沒進白城，不過先在海濱的工業城找了開運輸車的差事。他說從沒開過這麼高大的車，學起來很費勁。好在終於學會了，每天上工下工，吃喝拉撒，生活單純。工業城又黑又大，偶爾一時興起想去海邊，還得湊人一起付錢搭車，因為麻煩，有假時他寧願待在房裡睡一整天。現在工錢還沒下來，他還沒問清有多少，但想必比島上好過許多。等過一陣，白城開缺，他就要進城看看。

「他們不會寫字，還請別人代寫這麼多，真不好意思。」村裡其他女人也陸續收了信，我也幫她們代讀幾封，他們的家人現在也都在工業城，那些信似乎都出自同一人的手筆，語句樸實，字跡飛揚。她們高興地詢問相熟的士兵與醫護，包括我：是否真有這麼一個地方？是真的，彼岸的工業城是蜂巢般的城市。處處都是機械與車馬，鐘塔每半小時就嗡嗡鳴響，街坊與港口總擠滿來自世界各地的商人與勞工。人人聽了都欣慰。

首領官交接日將至。除了約瑟與晚谷照常工作，其他人站哨時不免鬆散。望近來成天找人下棋練劍，大有不管事之態，似乎早已做好迎接退役假期的準備。左拉還沒回來，眾人就更樂得清閒。大家心知肚明，新官上任，日子必不好過，不如趁現下忙裡偷閒。

「就高階軍官而言不光彩，簡直是被趕走的。」約瑟私下告訴我：首領官這次退役便是真正退役了。他跟我說了些過去首領官在白城的事。從小被選入菁英培育機構水蜘蛛，一路拔尖進了白塔，立了不少功勞也幹下不少勾當。但自從他的搭檔殺了最高執政官，炸毀水蜘蛛，判處極刑，鬧出極大醜聞後，他的聲勢便大不如前了。雖無直接證據顯示他曾授意，但人人都道他脫不了干係。他先是被降職調來矢車菊島，再降一職，最後強制退役，終生不得進白城。

「左拉比他更好。他太我行我素。」他坦白說：「我跟他很多年了，雖然知道最後必然如此，但眼睜睜看一個思想豐沛，又不怎麼壞的人就這樣乾枯，還是覺得……」

也許這話不算安慰，我小心翼翼提醒：「左拉畢竟是未來的首領，你還是明哲保身，不該投入太多個人好惡。」

「我懂。」他平靜回答：「我不欣賞他，這是私事。」

「害怕嗎？」像想起什麼，約瑟抬眼看我。我大力搖頭，但誠然表情說明一切。

新的一月，大船入港。船進港時，我正和馬蒂一同採集牡蠣，聽聞汽笛，直起腰遠望。這次沒人離開，只新進一批囚犯、一隊負責押解犯人與貨物的運輸兵。左拉還是沒回來。

也許正值交接之際，這次的犯人比過去少些，依舊分作兩批：穿囚衣的，以及半裸烙大印的。那群可怖可憐的重刑犯一如前幾批，戴著面罩拖著鐐銬，垂頭走下甲板。七個囚犯纖瘦結實，步履蹣跚，和我當年一模一樣。只是，他們即使被鞭打喝罵依舊屢屢望向東方。當他們魚貫經過海岬時，我瞥見其中一個囚犯的手肘，有道眼熟的星形傷痕。

我指著那走遠的囚犯對馬蒂惶惶低語：「那個人……我好像認識？」

「是誰？」馬蒂怪問一聲：「也從白城來嘛？」

「好像是村裡的孩子，剛走的那批。」

「怎麼可能？」馬蒂皺起眉頭，同樣放低音量：「妳確定？」

我搖搖頭，我不能也不敢肯定。

隊伍已經走上山坡，離灰堡不過五分鐘路程。我狐疑拉著馬蒂，低著頭遠遠跟在後頭。一如往常，重刑犯並不與一般犯人集結，他們繞過軍營廣場，轉入重刑犯區，覆滿棘刺的高大鐵柵屏蔽了我的視線。我遠遠覷看他們最後的背影，那些人的肩背，小腿與步態，越看越覺眼熟。越眼熟越不安。

「為什麼不可能？」良久，我擠出這句話：「我不就是最好的例子嗎？」

「去看看吧。」馬蒂無可奈何聳聳肩：「反正也不是第一次幹蠢事。」

*

當馬蒂把我架在肩上，偷偷幫我翻進重刑區的鐵欄時，所有犯人都消失了。只見一堵玄武石門嚴嚴實實矗立眼前。

我們在石門邊瞧見一種老舊的圓石栓。我發現石栓有些鬆動，便小心翼翼旋轉它。旋轉同時，石門對角岩壁便發出喀喀聲。石門紋風不動，但從右側岩壁露出一縫暗門。我轉到底，暗門便完全翻敞，露出裡頭的玄武岩裂洞。

我和馬蒂面面相覷。馬蒂張望一陣，撿來幾根枯枝隨意紮在一起，掏出火石點燃往洞口照去。洞似乎很深，一時望不到盡頭。

「進去吧。」馬蒂遞來火把，還輕推我一把：「我怕那些怪物就在裡頭。牠們不會傷害妳……」

我們彼此對視，深深吸了口氣。而後我蹲下身，擁著火，馬蒂跟在後頭，兩人手腳並用鑽進了石洞。

石洞細窄幽深，我很害怕越走越窄，便會卡死在胡同裡。所幸洞漸漸變得寬敞，後來甚至可以半直著身，手撐岩壁緩緩步行。但我早已不知走了多久，手腳磨破多處，更不知自己身在何方了。洞口附近的岩石黑而硬，現在的石頭稍稍鬆軟偏白，微微泛綠，夾雜褐黃與赭紅的礦物，但還是六角黑岩居多。不知何處、何時，我開始感覺風的滲涼，及渦渦的海流聲。當我們終於走出洞口，我和馬蒂不禁呀了一聲。

一方從未見過的天井海洞。

玄武石四壁滿是不知如何刻上的符文，彷若巨人執筆，又像特別輕盈的妖精旋舞刻寫而成。海洞或許位於島上唯一的火山中，才會藏得這麼深。黑岩地淺淺淹著漂混苔蘚的淡紅海水，一位白髮少年癱坐於海水中。

我們悄悄走近。深洞兩側是櫛比鱗次的玄武岩柱，亂石形成海階，不遠處似乎還有四通八達的海窟，岩柱高處睡著成群的小蝙蝠。白髮少年身後有一只繫著沉重鋼纜的大鐵籠，鐵籠內散落著許多陶俑，不知是何物事。我們屏息以進，深怕一只腳步或一次呼吸會驚動這裡的主人。終於，我們靠近他了，腳下的水也越見殷紅。少年像人，可是也不是人。他的下半身是遍布灰鱗的魚尾。似乎久未活動，某些鱗縫卡滿青苔。他周身纏鎖符文細碎的鎖鏈，熟睡著，睫毛顫動，吐息時微微露出森白細碎的尖牙。

籠裡籠外橫七數八躺著幾個土俑。我定定心神，緩步走近，比較靠近我的那人張著嘴，動也不動。我走近一看，那也是個少年，渾身血洞，已經死了。他的嘴是空蕩蕩的血洞。另一個人套著軍服，但多處燒傷，軍服也被血漬透。我和馬蒂湊近一瞧，那臉浮腫毀敗，正以獨眼怒視我們。

左拉。

馬蒂捂住嘴趺坐在地。她試圖直起身來，但幾次踉蹌，終究只能半跪在海水中嘔吐。比起奇異的海洞，我更訝於自己目睹左拉屍體的麻木。現在還能行動自若，就證明我比馬蒂勇敢。還有什麼比明白這裡是什麼地方，發生什麼事更重要？我輕輕扶起馬蒂，躡手躡腳走向鐵籠。這些土俑身上的綠土並不均勻，似乎只是草草敷上。土俑面目不清，可是身上的土塊似乎因乾裂與垂降而碎解不少，其中一具並未完全遮去手肘的傷疤。

隔著鐵籠我顫抖著手，試圖撥開那東西頭臉上的灰土。那東西一感到觸摸，便劇烈掙扎起來，震得鐵柵格格作響。我有些慌了，撥得更快，揭下一大塊乾硬的綠土，露出半隻眼與口鼻。那人張嘴大喊，但只能低微嗚嗚，半隻黑眸狂亂瞪著我。他的舌頭也被割去了。

那是海德。

我先是驚，再是愧，腦海一片空白。良久，馬蒂哆嗦著打自己一巴掌，再輕拍我，指指鐵籠的門。門沒有上鎖，鐵欄生銹多苔，一推動便發出嘰嘰嘎嘎的聲響。只一聲，便驚醒了圈鎖的少年。蒼白的少年緩緩睜眼，回頭，露出赤紅雙瞳，像生病的海豚吼出纖細的高音。

少年的吼聲彷彿是漣漪中心，很快地，其他海洞也傳來嗚嗚嗡嗡的低鳴。腳下水渦聲起，漫過我們的小腿。不知是否受不了這種怪響，馬蒂臉色發白，又開始吐起來。

「離開這裡！」她痛苦叫嚷。我大力搖頭。現在不行，孩子還在這裡。我慌亂四顧，拔出左拉屍身上的刺刀，對準少年。

「海倫——停下來！」突然，身後有人喊我的名。我回頭，見晚谷疾疾走上前，開始施安撫咒。少年表情和緩不少。他漸漸垂眼，陷入半夢半醒之間。晚谷撫摩少年凌亂的白髮，低眉斂目，神情憐惜。

「被祂咬過的人就會獸化，若是敷上火山沼土，體積就會漲大數倍。」他說：「熬不住死去的人，就絞碎了餵行獸吃。長久以來，行獸就是這樣來的，安撫師要照顧的不只是行獸，更是他。我就是為了等待這種恐怖終結之日而來的。」

「晚谷叔叔……」

他似乎已猜出我要問什麼，柔聲道：「海倫，我以前就住在那間小屋裡。我就是女巫的兒子。」

「可是你……不像這裡的人?。」

「我改變了容貌。拔了牙齒，染了髮，漂了皮膚。」他喃喃說：「也改了名字。容克海倫，妳們家族的名字也被改過啊。他們取這個姓氏是要你們克制容忍。妳們這末後的貴族，除了夸夸其談的歷史，可還記得自己的恥辱與真名?我們與你們，曾共享同一個姓氏。」

馬蒂筋疲力竭瞪他一眼，抓住我的手往反方向逃。但我們旋即止步——首領官站在另一個洞口，身後跟著一隻行獸。

我下意識倒退幾步。馬蒂一把將我拉到後頭，橫身擋在我與他之間。只見那人抬了抬手，馬蒂便被高高舉起，撞向另一頭岩壁。我完全看不清這一切如何發生，只能在馬蒂摔落時失聲大叫。

「如果妳還不明白我怎麼辦到的，那妳實在該多多練習。」他張開雙臂展示海洞中的一切：「我當時說過讓他們留下來，是吧?現在妳知道為什麼了。行獸就是這麼來的。寫那些信可是浪費我不少時間。」

我企圖反擊，卻被他一次次輕鬆閃開。他嘻皮笑臉，只是虛應故事，並不認真。我每個拳頭都非常無力，我非常痛恨這樣的自己。偶爾他發狠，揚手把我撞倒在地，又揮手指示行獸向前，那獸便茫然嘶叫，朝我步步走來。我從水坑踉蹌爬起，他見我慌亂，又憐憫地呵呵大笑。像被瘋貓玩弄的鼠，我第一次感到性命交迫的恐懼，揮手瘋喊：走開，走開，走開！

行獸低吼一聲，縮頸，後退幾步。我愣了愣。他能召喚的，我也可以支使。我開始複誦安撫咒，行獸遲疑一陣，隨即轉頭，撒開步子回衝。他側身閃過，我乘勢跨騎上去，完全顧不得自己騎術生澀、沒有護具這回事。現在，我與獸昂然俯視。他看來渺小危脆。

他微微一笑，顯然並不害怕。我的手腳撕裂滲血，笨拙地拉扯行獸羽鬚調度方向。行獸咬了好幾次都沒咬中，只一次次撞擊湧捲的海水與岩壁。他試探性地欺向前幾次，而後輕巧騰躍，拔起刀，奮力斬斷行獸的頭顱。

行獸失重倒地，我也跟著摔落。在獸轟然壓地前我驚惶跳開，我重重跌落，他輕蔑地將長刀抵住我的喉嚨。瘦長黑影尖刻迫人。

「放走他們。」事成定局，我閉眼，低聲請求。我與首領官，左拉與行獸，都不過是扮演各自在秩序中的角色。是吧？我不該對壓倒性的優勝劣敗有太多不甘心。

他冷笑搖頭：「如果要放，放走所有的人。」

「我制服妳，不是讓妳像以前那樣順從。現在，站起來。」他又繼續說，但沒有鬆手。我濕漉狼狽地起身，雙手與其他擦傷灼灼滾痛。

「來玩玩幾道二選題。」他吹了吹口哨：「看見那被鎖住的少年嗎？第一題，殺了他？或放了他？這對妳來說都易如反掌。」

「為什麼殺他？」我反問：「解開鎖鏈又有什麼難？你們自己放了吧。」

「我就是想讓妳來做。」

「為什麼？先告訴我他是誰，為什麼在這裡？為什麼非要我來解？」

「可以！這裡不是罪人，就是野獸，就是死人。大家的未來都已經定下了，只有妳沒有，天真地自認刑期屆滿可以自由。當妳為了那群無知的小孩和我爭吵，我是多麼高興呀，但妳後來卻如此溫吞，真令我洩氣。我就乾脆替妳指明一條更有意思的路——反正那些孩子都注定要受傷了。其實妳也推了一把呢，妳不是最喜歡向他們吹噓白城多繁盛，多優美嗎？那是妳容克海倫放不下的視角呀。」他溫然微笑：「我把最重要的理由說了，剩下的，好奇寶寶，等妳做完決定再說。」

我不打算殺死他。我跪在少年面前，海水浸了半身。當我慢慢解開脖子上的鎖鏈，他怒視我，兩排尖牙悉數嚙入手臂。鐵鎖上的刻紋便發出淡綠熒光，我的掌心瞬時被灼傷，矢車菊印也扭曲浮凸。他死咬不放，我忍痛抓緊鎖鏈，一把扯離少年身軀。

少年抬眼獰笑。鎖鏈一解，他就由髮梢指節開始化為膨大散漫的水氣。那水氣時而如火如雲，時而又可看出霧化的人身輪廓。須臾，少年竟從海洞完全散逸了。

「好了。」他滿意欣賞瀰漫海洞的水煙，說：「晚谷，你來說。」

我喘氣，緊握受傷的雙手，晚谷點頭輕輕說：「海倫，記得你們家族南征的容克海鶇嗎？他就是當初容克海鶇捕獲的『海神』，不，最接近傳說描述海神的生物。」

「那是太古就生存至今，尚能自由變幻形體的生物。牠的本體是以矢車菊島為首的諸嶼一帶過去常見的大白鯨。」他說：「當年軍隊巫師捕獵、囚禁他，利用他製造原生行獸。不知使用過多少人，凡是被咬都會死去，只有島民活下來。這個海神只是與你，與我都略有親緣的稀有生物，並不如傳聞中擁有特別的怪力。本來與祕法無關者，因為被施了法，反而成為祕法本身。」

「你的意思是，這都是我祖先容克海鶇的作為？」我有些不明白。

他點點頭：「所有行獸都與他有關。我們無法破解海鶇的術法，也無法使中止國家消化島民的計畫。即使我了解行獸也是無用。容克海鶇早已不知去向。但當年他曾說，這祕法只有容克家的人才能解開。至於為何這麼做？只得問海鶇本人。」

「放走洞底的少年，現在，再麻煩妳——」晚谷話畢，首領官粲然一笑：「放走所有行獸。大鬧一場。」

「你這樣是叛變。」

「妳以為只有我？」他挑眉，狡黠一笑：「誰放走『海神』？等一下又是誰會放走行獸？」

「你有病。」我咒一聲。

「大家都有病。」首領官再次和悅地張開雙手：「我早就想這麼幹了，總得有人來幹這些所謂幼稚瘋狂的事。告訴妳吧，鐵森林，北疆……這些地方都將叛變。送去那裡的犯人都是精挑細選的。適應地緣，一呼百諾。」

「他們喜歡一本正經地作亂，我為何不順水推舟呢。」他得意一笑，晚谷也同樣微笑點頭：「利用這次種族肅清的機會，動員內外人脈，安插適合的人準備叛變。否則我也無法說服晚谷。至於左拉，不過放著他吠幾天，非到最後我不想隨便傷人。不是為了倫理，是這樣比較有樂趣。」

「幼稚。就為了你們各自的……」我喃喃咒罵一句。

「隨妳怎麼說，我們要的是新世界。這裡不過是起點。」首領官輕快走來：「不一起來嗎？海倫。」

「在所有流放者中，妳最軟弱順從，最缺乏必要的術法根基。但妳能填補矢車菊島空懸的女巫位子，我們可以從頭開始教妳。」晚谷叔叔接腔：「這不也是種非『人』的幸運嗎？不管妳喜不喜歡，都會繼續下去。」

「我可以放過妳。」首領官親切呢喃：「就看妳是聽我的，還是與我為敵。」

我瞪視他倆，怒氣沖淹了理智。我下意識抄起左拉的刀，一個箭步上前。他來不及閃避，刀尖嗤地沒入左胸。他微微睜大眼，似笑非笑，一時體表尚未出血，一時還不覺得痛。

「去吧！」他和悅地說，我冷冷看著生命從他眼底流失：「放走所有行獸，妳就自由了。」

＊

所有的獸都失控了。牠們紛紛鼓翅刨爪，出海洞，一隻隻往灰堡爬去。牠們推倒鐵絲網，咬食所有或逃命或抵抗的人類。不久，碉堡便化作煉獄了。魚行獸躍下海崖，繞行海面伸展滿是倒刺的背脊；鳥行獸聯袂遮去碉堡大半屋頂，每次振翼都捲起大風，掀翻火焰。牠們昂首高號。我懂得那些咆哮的意思。那是解放的狂暴與喜悅。

我麻木凝望這一切，海洞中的一切猶如夢中。當洞底飛濺的土塊與水氣悉數散去，首領官與晚谷都消失後，我打開鐵籠，見少年們顫巍巍直起身來，揩去塵土，個個蒼白虛弱。起初他們只是茫然四望，而後有幾個漸漸恢復理智。開始哀鳴，如受傷的小狗跌撞逃奔。囚禁少年的海洞，原與行獸的居所相連。我日日為行獸揮汗工作，卻不知海洞深處才蘊藏島上真正的秘密。行獸就是島民，同等畏懼與萎靡。長久以來的蓄意玩弄，比起明目張膽的殺戮更令我顫慄。我為島上的苦難咬牙切齒，同時明白我也不過是掀起爭端的一顆棋。我半扶半拖著馬蒂走出海洞。我沒氣力管餘下的少年，除了疲倦，還深深感到不快。

我將馬蒂藏在一處隱蔽的海階，回頭走向碉堡：我想知道約瑟是否來得及逃出來？我還有事想問他。我撥開碎石，忍受粉塵與煙火的焦臭，爬進半毀的碉堡。在正廳，約瑟高高端坐，彷彿早知我會來。

「這是為什麼？海倫？」他冷峻質問，如庭上的法官。

「我解開了鎖鍊。」我輕答：「你知不知道海洞裡有什麼？你知道那些行獸是怎麼誕生的嗎？」

他搖頭：「我不知道，八成不會是好事……妳問過首領官？」

我淡然一笑：「就是他要我放出來的。」

他微愣，又是搖頭苦笑：「我不意外。這是最瘋狂的解職了。」

「他是個瘋子！」我幾近失控地吼出聲：「我以為自己殺了他，但一刺中他，他便化成一團白土，一朵矢車菊——只是替身！連晚谷也不知去了哪裡？」

「我知道。」他有些厭煩，有些無力地睥睨我：「換作其他醫官，這事早就曝光了。他人不在這，正快活地四處旅行呢。想想被流放的家人。傳出去，你們下場一定十分悽慘。」他聳聳肩，並不收回那厭煩的表情。

「現在收手也來不及了。」我說：「我不會讓這種事情發生。」

「就憑妳？」他輕笑：「妳連像樣的咒術都施展不開。」

「不需要咒術我也能做到這些。」

「或許吧。」約瑟沉默良久：「有些人的確擁有這種特質。」

「你們再也不能控制這裡。」我鼓起勇氣：「約瑟，你跟隨我，還是反抗我？」

「我不追捕，也不投降。」他平靜回答，以眼神示意我離開。我也不想再說什麼。沒多久，門後傳來人砰然倒地的悶響。再睜開眼，我關注的已不是故人的臉，而是窗外的光。

望與晚谷都消失了。碉堡裡的兵至死，都是活在一團迷茫恐懼裡吧。在這失序的時刻，我突然想再次聽聽軍靴踏地的威嚇。齊一，森嚴，龐大。但那集體的雄壯消失了，只剩零落的嚎叫與哀鳴。獸吼如鼓如錘，震得人頭皮發麻，眼卻因受驚而異常明亮。

他們把我困死在這裡了。一切非我籌謀卻因我而起。我無路可退。

少年們全走出海洞，一個個傷痕累累茫然望著我。幾個膽大的村莊女人見軍營冒火鬧亂，抄起魚刀走來。她們瞧見那些行獸，但目光堅然並不退卻。確實。這座島已不在白城的掌控——他們甚至攙著海燕婆婆。

海燕婆婆努力直起頭，張口，嘶啞唱起歌來，那是當日海德離開時唱過的古謠。先是她唱，而後其他女人跟著和。一時所有的獸都停止哮叫，牠們在空中略頓了頓，隨後斂翅，紛紛停在軍營或岬角上方。牠們低下頭，伸長身軀，宛如輻射複瓣。

不知為何，我突然很想說話。我踉蹌爬上亂石高處，迎風，立足，嘶喊。

「去吧！去哪裡都行。」我說：「騎上行獸，牠們絕不會傷害你們，這是你們被蒙蔽的天賦。記得背上的傷，以及無法言說的痛苦。我們以這裡為據點，把被奪走的東西建立起來。」

他們默默聽我吼叫。隨後一個個、一家家，戰戰兢兢騎上行獸。空中盤旋的獸群，如巨大的太古蜻蜓。

我孤立海崖，不知何去何從。我是解脫了，還是主動犯下一樁大罪？突然，身後風動劇烈，我回過身，只見負傷的海德騎行獸繞飛。他跳下行獸的背朝我揮手，那是邀請的手勢。他失去很多不是嗎？甚至沒有好好養傷，可是現在的他看來有種戰兢而昂揚的勇敢。我跨坐獸背拉起兩條多刺的羽鬚，鱗甲刮擦皮膚，彷彿提醒自己還是弱小危脆的生靈。

「等你好了，我們一起去北疆湖泊吧，找我的家人。」我轉頭說，海德安閑盤坐身後，點點頭，同時頑皮拉拉我的耳朵。

我摸摸臉側，耳朵如熱帶魚鰭變得冰冷細長。但我不害怕，甚至喜歡這樣的改變。也許手邊有鏡子，我會喜見自己擁有與曾祖母同樣靈動的眼神。我輕拍行獸，牠便鼓翅飛起，每掀一次翅膀，諸土諸海彷彿隱隱振動。我們從空中俯瞰石落潮來，地土顫動，及地海不間斷的變貌。現在，太多事等著我解題。

我為何來到這裡？不知道。我是什麼樣的人？不知道。我從未離開矢車菊島，也從未被赦免。以前是，現在是，未來也是。

但，我已永遠自由。

THE END

第一屆・特優
〈阿帕拉契的火〉

邱常婷

作者簡介／邱常婷

一九九〇年夏天出生，東華大學華文文學研究所創作組畢業。對於撰寫故事異常執著，也從事同人小說、類型主題的創作，期望像卡森．麥卡勒斯一樣，與所創造的人物生活在一起。曾獲聯合文學小說新人獎、教育部文藝創作獎、瀚邦文學獎、金車奇幻小說獎等。目前任職友善書業供給合作社，《閱讀的島》獨立書店誌雜誌編輯，出版有小說《怪物之鄉》。考慮在人生的後半段，到家鄉的海邊開一間小書店。

第一章　亞當巨人

這位人類學系副教授的研究室總是燜熱異常，即便在秋天的夜晚也是如此，一走進便能聞到燃燒過的樹枝氣味，特別是樟木和檜木的味道，牆上掛著一幅巨大的查拉幾族人畫像，滿地散放的書籍和論文報告經常讓上門求教的學生們寸步難行，而書桌則有如群山聳立，此時此刻，他的左手邊擺著一份阿帕拉契山徑報告，右手邊則是另一份國家科學研究計畫經費申請的不予通過說明，隨之附上他耗時三年的研究論文，他的左右腦同時處理兩份龐雜資料，嘴裡叼著一根顫動不已的香煙，他的眼睛不知被煙燻得酸痛，還是讓論文資料折磨，已經幾乎睜不開了，幾分鐘過去，他終於得出自己這次絕對無法順利升等的結果，索性扔開兩份資料，往後靠上椅背重重嘆息。

做為人類學系副教授，他有著較一般學者更為壯實的身材，剛過四十歲生日才在隔天梳洗時發現臉上近年來平添的皺紋，他將其怪罪為天天關在研究室裡以至於沒有曬到太陽的緣故，然而他的升等年限已到，人文科學類的要求又比一般理科更難，就連發表論文的報章雜誌都比理科少了將近一半，被學校承認的刊物尤少，他無奈地將到頭的香煙輾進煙灰缸，一面尋思著自己到底有多懶惰才導致現在的苦果。

他只是太過著迷於田野調查，太過於厭惡研討會場合而已……不管怎樣，他還有一次機會扳回一城，只要把目前正在進行的研究計畫完美結案就可以了，只要證明那株位於阿帕拉契山脈的巨木有五千年歷史，就能推論當地一支崇敬這株神木的原始住民形成和巨木有關，等等……不對，應該是證明這支印地安族裔的口述歷史中存在有此株巨木，就能推論這株樹有五千年歷史……但是他是人類學副教授，幹嘛要證明一棵樹有五千年？況且雖說他決意要研究神木對一支民族的影響，但這棵樹木的樹種、高度如今都是一個謎，他為自己的準備功夫不到家深感自厭。

他太累了，以致於無法認真思考當前問題，他再度翻閱左手邊的報告書，上頭寫到這株千年樹由於高聳異常，在當地又被稱為亞當巨人。

多年前，他曾經見過這株巨樹，那時他採用特殊的懸吊裝備爬上亞當巨人樹冠層，他永遠無法忘記從樹頂往下望去，那片寂靜肅穆的無垠景色，原本他只是研究著一支別名拉薩族的印地安族群，這支印地安族對亞當巨人的崇敬到了極致，是正常人無法想像的程度，他起初難以理解，直到爬上這棵樹。

五千年啊！當時他正斜坐的側枝可能在西部拓荒時期就存在了，那個時候正是族群與族群間互相傷害並交融的瞬間，而這棵樹沉默但無所不知地注視一切，就像森林裡的神靈般，我們這位人類學副教授的內心被深深地震動了，那時他下定決心要發掘這株巨樹與拉薩族之間的關聯。

副教授沉浸過去在樹頂上極目遠眺的遼闊景象，這時，一陣急促的敲門聲將他帶回現實，他蹙起眉頭，想像不到這種時間會有誰來打擾。

他離開座位前去應門，打開門的前一瞬間，他還帶著一種半開玩笑的希望是個可愛的年輕女學生，如果真是這樣，他會既高興又不知該如何是好，長夜漫漫，這種時間會來的除了心懷不軌的可愛女學生和鬼魂以外，他的確想像不到其他可能。

門開了，外頭站著的是名戴著眼鏡，瘦削蒼白的年輕男孩，孩子小心翼翼地向上望了一眼，自說自話般地扭著手指說：「您好，教授，我是文學系的學生……」

「我還不是教授，你先進來吧。」

年長的學者將一把搖椅指給年輕人，現在是秋天，夜晚已經帶著些許涼意，年輕人鼻頭通紅，順從地坐進那把搖椅裏頭。

「那麼有甚麼事嗎？現在可是晚上十點。」副教授繞到自己書桌後方，繼續手上未完的工作。

「請指導我寫小說。」

正抽著菸，處理繁重瑣事的副教授看也不看他，只是低頭修改手邊的報告書，關於那五千多年的大巨樹所座落的國家公園保留地，該如何進入那裡，申請入山證也是個問題，他現在就想趕緊過去實地勘查，反正暑假即將來臨，他可以暫時離開學校。

副教授從煙霧中悄悄瞥了那名學生一眼，他就坐在那兒，那張得人喜愛的木製扶手搖椅上，看起來侷促不安，顯然為了這次拜訪鼓足勇氣。

那張椅子可是副教授最鍾愛的家具之一，他熱愛美國鄉村風格，這張搖椅平時除了供給來找他的學生之用，也做為他完成一篇研究論文時休息的犒賞，他會從目前這張硬梆梆而且無法製造微浪的旋轉椅上蹦跳下地，雀躍地重歸搖椅懷抱，當然啦，他這副如獲大赦的模樣可絕對不能給學生們看到。

或許是為了轉移對休憩的渴望，副教授移開目光，轉向書架上的參考資料，他的研究室擺放了至少七千本書籍，但奄奄一息，像一具具分門擺放的屍體，他的老師曾說這就是知識，一堆冰冷、毫無感情的鬼魂，當這些鬼魂化為你的一部分，你再也無須在意它所乘載的實體。

至於小說，在這位眾人的精神導師所收藏七千本書籍裡頭，竟沒有一本是虛構的，一些科普散文還是少數，他知道學校裡有個怪異的文學研究所，也知道這研究所裡的學生總是汲汲營營創作一些不切實際的幻想，在這人類學者（副教授）的想像裡，無非是一群戴著眼鏡、蓬頭垢面的怪胎窩在斗室裡振筆疾書的模樣，他們大概足不出戶，總是聚在一塊高談夢想……思及此，他扔開一本社會學期刊，終於正視那眼神閃躲的孩子。

「幹嘛非得找人類學的老師？你們系上不是有相當多文學教授嗎？」

年輕人愣了愣，接著語速飛快地回答：「不，我想創作的作品需要特殊的知識，整間學校裡就您對此有研究，再者我認為寫作一定要親自走在故事的場景裡面，必須要去體會生命，才能寫出好東西，就像《1984》的喬治・歐威爾……」

喬治・歐威爾？副教授挑起一邊斑白的眉毛：「你想要寫怎樣的小說？」

「像《少年小樹之歌》那樣的！」

這可真讓人匪夷所思，年長的學者不禁想，上一秒還是個反烏托邦下一秒就成了種族迫害者，他知道佛斯特・卡特曾經、可能是個三K黨嗎？雖然不能否認，他寫的西部小說還算有趣，然而他此時是真的很想問問眼前這個孩子：你從《1984》跳到《少年小樹之歌》之間的心理活動到底是怎麼進行的？

「哦？那麼你走過淚之途嗎？」副教授噴出一口菸，好整以暇欣賞孩子隱忍皺眉的模樣。

「您也知道淚之途？」他舔了舔嘴唇，好像空氣裡的水分一下子被菸霧抽乾了：「沒有，老師，我真的很想實際去體驗看看，我想到荒野或深山裡去，哪怕其他地方，我實在很想……冒險，留點傷痕，我認為寫小說是要賭上性命的！」

副教授不動聲色地往靠背倒去，交叉手指，心中盤轉幾個新鮮想法，良久，他開口問：「你叫什麼名字？」

孩子說出了自己的名字。

「事情是這樣，你如果真的想讓我指導你，眼下有個不錯的機會你應該不願錯過。」這位人類學系副教授仰起頭，那張微微衰老的面孔陷入一陣夢幻的朦朧：「與我到阿帕拉契山脈走一遭吧。」

必須說，我們這位無名的師長、人類學副教授，知識豐富的學者……試想過淌這渾水該付出的心力與時間，然而，他現在急需一名與他同行的助教，能夠吃苦耐勞，對他又不甚了解，尤其是他曾經逼走七個助教的豐功偉業……不管怎樣，這名文學系的學生都和他給自己的第一印象完全不同——膚色慘白，像個發育不良的小鬼頭，但聽見要出國爬山他臉色無畏，反倒像是得了珍貴的機會，連聲說了三個「好」，都讓老師有些內疚了，直到學生將確認指導教授的表格拿給他填寫，我們這位準教授才明白此事有多麼麻煩。

因為系外指導的關係，年輕學生必須跑過七個流程，每個流程都有三張表格，每張表格都要指導老師簽名，總計二十一個簽名，這樣也就罷了，還得替學生批改創作計畫書，當他們終於把這些搞定的時候，他也才能了無牽掛地和老師一塊出行。

故事開始以後，似乎總要給兩位主角一個姓名，然而很遺憾的，他們不是主角，在我事後訪談的過程中他們也不願具名。

「假名呢？」

「做為一名研究學者，不能有任何虛構的事。」

所以在接下來的敘述中，我想還是稱呼他們為：年長的導師和年輕的學生。

經過一個月的準備行李、資料收集的緩衝時間，他們搭上前往異國的飛機。在那之前導師已經連絡好當地嚮導，一位叫做索比那的義工，阿帕拉契山脈的山徑聞名於世，原因在於這些山徑是由義工們自行維護保存，總長超過三千公里，索比那駕駛一輛四輪驅動的卡車來接他們，學生跟在導師身邊，雖然沒說甚麼，他的呼吸卻明顯變得急促，任何人都是如此，阿帕拉契山脈於秋冬交接處的冷冽嚴酷，令人為之屏息，氣候也是一樣，他們三人身上均穿戴保暖獵裝、靴子和登山背包，一陣驟然吹襲的山風向他們揭示這兒已不再是他們東方的故鄉，而是宏偉的阿帕拉契山脈。

「就連陽光也沒有甚麼顏色。」年輕的學生喃喃自語，聲音飄進他的導師耳中，他微微一笑，示意學生將測量器材搬上後車廂。

車子起先會在主要道路行進，進入山區前方的小木屋卸載行李，他們之後才會徒步進入山道，索比那替他們預備的是間類似於登山屋的處所，十足鄉村風格，外頭甚至還有擺放搖椅的前廊，屋內則堆放著木材和生活用品，十幾個尚未整理的紙箱和只在北方才有的老舊壁爐，索比那將壁爐中的火焰升起，學生打開每個紙箱，將裡頭的資料和書籍取出分類，導師點燃一根香菸，到外頭將環境巡視一番。

無論在寒帶或熱帶國家，只要進入高山世界各地都是同一種氛圍，肅穆、令人顫抖的空氣繚繞在群樹間形成氣流，屬於人類的香菸、火藥和篝火零星點綴這片荒寒大地，這位導師不禁思索起亞當巨人，目前世界上能夠被稱為最高樹的許多都是紅杉，並且當真與數千年的歷史存在於世，不過這些樹木都在杳無人煙的雨林，並且由於工業社會的來臨而趨於滅亡，他沒有自信多年前曾攀爬過的樹木也是巨木，儘管那棵樹的確是他發現的，在他的印象中，那是一棵除非走到它的面前否則不會發現其存在的樹，要論樹的巨大，內華達山脈的巨杉更有可能，然而沒有一種樹，真的，沒有任何一種樹具備了他攀上的那棵樹的頎長與堅挺，巨木的樹冠層被稱為小型生態系不是沒有道理的，他記得自己爬上亞當巨人樹冠層的時刻，茂密不見天日的枝葉籠罩出新的世界，在那其中，種類多到足以養活一整支印地安族群的苔蘚、果實和蕨類在幽微處靜靜滋長，它們祖先有可能和這棵樹同齡。在他最近找到的文獻資料中記錄著一百多年前此地一棵巨木被名為拉撒的族群深深崇敬，卻因為文明無可規避的來臨而逐漸消逝。亦曾聽過當時為了拓荒，人們將印第安族群賴以為生的野牛殺死，逼迫這些人離開出生的土地。

導師希望能找到亞當巨人，並且藉著樹木的所在地推測拉薩族遷移的軌跡，因為拉薩族是將亞當巨人視為太陽的族裔，即便受到驅趕，他們也不會離亞當太過遙遠。

索比那在屋內弄好了簡單的罐頭晚餐，導師進屋時外頭開始下雨，小屋靠近窗子的木間滲入水氣，他們一面用餐一面交換幾天後的行程和裝備的準備情況，索比那稍加解說了山間的環境氣候。

「如果要避開鋒面，最好一周後再出發。」

「一周太久了，會讓身體變得懶散。」導師沉靜的目光眺向窗外，雨水宛如透明血管般遊走玻璃面，學生默默咀嚼鮪魚肉，一會後，導師問他：「你看過和阿帕拉契山有關的小說嗎？」

「這個……我不是很清楚。」

「你瞧，這是個不夠用功的學生，得趕緊操練才行，明天就出發吧！」

索比那點點頭，他很早就認識導師了，上一回來阿帕拉契山已是六年前的事，他帶著一群東方的學者進入山道，結果這個男人在那次步行中失蹤，隔天滿身是傷地回來，就說找到一棵了不起的高大樹木，卻連那是甚麼樹、有多高都說不清楚。

他們用過晚餐，索比那找到一盒賣場販售的冷凍蘋果派，經過微波後成為美味溫暖的點心，索比那沒有吃甜食的喜好，兀自到屋後洗澡，學生便坐在壁爐邊吃著派，聽年長的導師講述拉薩族的故事。

「事實上我連是不是真的有那個族群都不知道，大概在六年前，我來過阿帕拉契一次，不小心在山道裡迷路，遇上那棵叫做亞當巨人的樹，我爬上樹，站在一根側枝上向下眺望絕美的景象，但當我要下去的時候……要知道，爬下去比爬上去困難多了，我不小心扯斷了一根著力的嫩枝，從天空中重重地摔落，一路上撞斷了好幾根樹枝，還暈了過去，但當我醒過來，身體居然沒有任何傷痕，然後我手中抓著一塊扯落的樹皮，上面刻劃有難以解讀的文字……」導師在屋內走動，翻找自己的隨身行李，終於找到一片用透明夾鏈袋包裹住的樹皮，他將樹皮遞給學生，任由他拿在手中翻看。

「這文字不是馬雅文化的遺光，我找遍文字學家都沒有答案，從這些刻痕周遭的破壞結構來看最多只有一百年歷史，我只好回頭尋找那時期阿帕拉契山的紀錄，最後終於讓我發現了與他們相關的關鍵字，那是一個活躍於西進拓荒時代的宗教團體，叫做方舟會。」

「和聖經裡的諾亞方舟有關嗎？」

「有一點關聯，但他們在我看來比較像是一群狂熱的幻想專家，過度解讀聖經創世紀篇章，而且喜歡宣揚末日來臨，總之我在他們的文獻資料裡第一次找到了拉薩族這個詞彙，方舟會的人認為世界的救贖在這個族群身上，據說這些人的身體寄宿了動物的靈魂。」

「這是甚麼意思？」學生舔舔湯匙上的糖粉，到目前為止，他還算喜歡這個故事：「不對，我可以理解，畢竟很多印地安族群都崇敬動物與大地。」

「我一開始也這麼想，不過那些文獻裡記錄了許多拉薩族的訊息，主要是方舟會意圖獵捕這些人，並與之交戰的紀錄，你知道那個年代歐洲殖民是怎麼一回事嗎？他們不光要和原始住民對抗，還要與整個自然環境對抗，可以說，當時他們宣戰的對象就是這座山。鐵路幫會將鐵軌安進了大地的心臟，暴風雨和新大陸的細菌讓他們生病，在這種情況下，出現再奇怪的信仰都不足為奇，直到現在，我還會在野外露營時用繩子圍住營地呢……不管怎麼說，方舟會就是這樣一種宗教團體，拉薩族奮力抵擋被外人侵略，方舟會將他們妖魔化，甚至說世界即將被阿帕拉契山的動物魔鬼毀滅，而這群拉薩族和魔鬼達成了契約，擁有猛獸殘暴的力量，就連壽命也是普通人的兩倍。」說完了這一長串的話，導師利用爐火點起菸，用力地抽了一大口。

學生收拾起盤子，停了一會，等待導師可能會繼續的陳述，然而他就像沉浸於自己的思緒中無法自拔，又或者他仍在講述，只不過卻忘了說出口。

當天晚上，在索比那的協助下他們整理好明天的裝備行囊，決定為了明天儲備體力，早早入睡。

年輕學生躺在帶有霉味的床單上，怎樣也無法靜下心來，他沒有向導師透露自己是第一次出國，也是第一次離開配備有電腦的安穩室內，現在野外的氣息如此濃厚，總覺得房門好像隨時會被誰破門而入。

就在此時，一聲又一聲哭泣般的聲音穿透屋子，若有似無侵進耳畔，他望向窗外，雨已經停了，黑暗中的森林裡彷彿有生物行進，他以為自己看錯了，但那的確是一雙螢綠的眼睛，以及那健美優雅的身形，是豹嗎？不對，比豹更加強壯，牠走在落葉枯枝上幾乎沒有任何足跡，宛如離地毫釐的飛行……緊接著空氣扭曲了，他正想著是雨霧嗎？那隻動物瞬即消失無蹤，像是夢境。

「怎麼了？」索比那和他們同一間房，由於長年在山中居住，已經練就了敏銳的警覺心，早在年輕孩子起身看窗時便醒了。

「我聽見有人在哭……」學生略為艱難地用英語說，並想陳述自己方才眼見的奇景，然而仔細想想一隻大貓憑空消失根本是不可能的，再者既然已經來到這兒成為導師的助教，他希望自己軟弱無能的時刻能不被發現。於是他轉頭輕聲對索比那表示一切都好。

「那是山獅。」索比那在他躺回床上時說：「叫聲像孩子的哭泣。」

山獅。年輕學生默念著，這就對了，那隻動物看起來擁有百獸之王的力量。

第二章　追尋者萊昂

棕褐色的獵鷹棲息在一棵雲杉上，風從後方吹來，使牠頸羽蓬起，翅膀前緣的反摺處通過氣流，牠顫抖著，好似即將隨風滑翔，鷹平衡身體收緊翅膀，歪頭凝視遠方的景觀，那無時無刻不在變動的森羅萬象當中，有個靜止的黑點，黑點令牠困惑，並且思索了數十分鐘。最終，牠撐開羽翼讓空氣托起牠的身體，陽光下，牠的每一根飛羽均如人類手指般伸展，牠嫻熟地盤旋向下，緩緩接近黑點所在地。

一名膚色黝黑的老人站立在無際荒野中央，向上仰望鷹的飛翔，鷹的影子倒映在地面，猶如黑色的子彈一般。

「你的占卜結果是甚麼？桑奇。」

「小獅子，你趕緊長大，當你知道了你的結果，我也會告訴你我的。」

老人不知自己為何在這時想起過去的事，鷹的影子逐漸逼近，牠向下俯衝，速度也愈來愈快，老人卻絲毫不想避開，為了這一刻他已等待了許多年。

那是保護者桑奇的鷹，假如那真是他的鷹，表示桑奇還活在世上，尚未加入永恆篝火的圓圈……至少，老人不希望這只是夢境。

鷹迎面而來，露出有力的爪子在半空中撲騰，老人發現自己一直沒有學會如何溫柔地擁抱一隻鷹，畢竟，鷹也不是需要擁抱的生物。

他害怕弄壞鷹的羽毛，但又恐懼過輕的抓攫會讓牠再度逃走，就在他不知所措的那刻，他醒了過來，乾枯、靜脈曲張的手臂在空中胡亂揮舞，屋角那根棲木依然空蕩蕩，桑奇的精神體離開了，也許從未來過，這名年屆耄耋的原始住民從床上坐起身，熱淚盈眶，彷彿眼前那根棲木再度佇立了他久違的族人、夥伴——一隻散發紅褐光芒的雄偉獵鷹。

窗外有北美紅雀跳動於枝的蓬勃景色，而正望著那隻鳥類的老人叫做萊昂，他們一族皆無姓，只在十七歲成年時接受長巫的占卜了解其生命的意義、野性的天賦，才將兩者加入名字裡。

一個成年人的完整姓名唯有至親才能得知，老者邁步向窗，沉思著，同時為一日的勞動作準備。

這個季節有野鹿可供捕獵，只要能取得狩獵執照。他採用的是簡單的木弓，離開山屋來到外面之後，他將弓擺放到地上，讓自己站立的位置彷彿即將離弦的箭，太陽緩慢加溫的時刻，從山頂似乎傳來山體劈啪舒展的響聲，空氣乾淨凜冽，有如碎冰。他結束禱祝，拾起弓踏上平日行走的山徑，一路上杳無人煙，只有反舌鳥呼應口中悠長的口哨，阿帕拉契山脈的山徑僅用樹木上的白漆提示，轉彎處是兩道白漆，老人察覺到些甚麼，安靜地將腳步放得更輕。

不遠處的林地間有一個屬於拍攝者的攝影掩體，他謹慎地四下張望，一隻漂亮的橙胸林鶯在樹梢上顧盼，但不能確定拍攝者等待的是鳥類，不久後，極遠處閃過野鹿般的影子，他心想：真不走運。

約莫中午過後，老人帶著一條鹿腿回到住屋，那是他藏匿在陷阱中所剩的最後一點存貨。他在走近屋子十公尺時停下腳步，生人氣味濃厚得就像有顏色似的，沉重地盤旋在廊邊，他挽弓扣箭，正要指向可能被攻擊的地點，一名亞洲男人從屋後探出頭來。

「抱歉，請幫幫忙。」那個男人用英文向他求救，冷靜地指示仰躺在地的一名孩子，他們是從中國來的嗎？還是日本？老人放下弓箭，快步上前查看。

「不熟悉野外，摔傷了。」男人向他詢問的目光回答，沒有要求進屋，這讓他感到一絲鬆懈。加上檢查過年輕人的傷勢，發現的確扭傷了腳踝，頭部也有擦傷，或許是目前昏迷的原因。

老人指示需將傷者移入屋內，年長男人身上傳來陳舊書頁的味道，沒有火藥和血腥，這兩人只是研究者。他想動手撐起年輕人，但男人打量他，彷彿對他年邁的外貌無法放心。

他露出帶有皺紋的笑，輕輕鬆鬆抱起年輕人展示不褪的力量。

這是詛咒，也是天賦。他記得「那些人」曾經這麼說過。

亞洲男人目瞪口呆地跟隨他來到屋內，他的屋子很乾淨，有床和廚房、餐桌，除了一根鳥類棲木以外沒有多餘的裝飾，只看一眼就能完全掌握老傢伙的生平所有。他將唯一的床讓給年輕人，取出急救包幫他處理傷處，亞洲男人在一旁默默觀看，有一根尚未點燃的香菸捏在他手中。

「我們在爬樹，為了尋找另一棵樹，雖然有做防護措施，他還是因為經驗不足的關係從樹上摔下來……完全是我的錯，為了抓他我跟著掉下去，我沒甚麼事……但因此和嚮導走散了。」那個男人思索了一下，自我介紹他們是來自何處的研究者。

老人結束手上的工作，站起身和男人握手，他無法發出「學者」的音，因此便稱呼男人為「導師」，他口中細碎的陌生語言曾被紀錄在方舟會的經典，這是拉薩族語，導師睜大了眼，簡直不敢置信，香菸從他嘴中落到地面。

老人比出一個特別的手勢，是拳慢慢舒張成掌的過程，難以被人理解，但這個手勢，正是拉薩族語中表示樹的意思。

「是的，我來尋找一棵樹。」男人……我們的導師緩緩開口：「六年前我到這兒時曾經見過的一棵巨木——亞當巨人。」

老人聽聞此句，目光陷入沉思的空茫，多少年來，他選擇最容易守護亞當的地域居住，每天在山徑中巡邏，他害怕的是亞當遭人破壞砍伐，儘管阿帕拉契山已經受到保護，可還有無數的天災蟲害，令這棵高齡巨樹危機四伏。

老人望向眼前這個男人，心中感到久違的惶恐與不安，他不希望這棵樹被公諸於世，也不希望有任何人研究這棵樹，過去為了保護亞當，他甚至做了殺人的覺悟，可這兩人並非銅臭滿盈的伐木商，再者，他也因流逝的時光如此洶湧感到無助與無望，再不能力挽狂瀾。

老人以夾雜著英語的古怪口音問：你想找這棵樹做什麼？

導師凝神思索，他從眼前這名原住民老人的目光裡看見真相的輝芒，他從自身豐富的訪談經驗中了解到學術道德的重要，以及如何讓握有資源的人物開口，其實，說穿了無非就是設身處地的尊重。他腦中盤桓著各式各樣的想法，在某些陰暗的角落也曾閃過欺瞞的手段，但他搖搖頭，用最誠懇的語調將自己真實的經歷陳述一遍。

「……因此，我認為拉薩族不僅僅是真實存在的，也擁有特殊、珍貴的文化需要被保存，他們曾經一度消失，但只要我找到完整的資料，就能再現拉薩族榮光。」

他必須承認自己講得有些太過頭了，再現榮光之類的說詞向來是他們這些外來研究者的自以為是，儘管如此，這也確實是研究者的熱情所在，他無法忘記六年前坐在亞當巨人身上所見的奇妙景色，以及那棵樹祕密告訴他的族群歷史，在那其中，他驚鴻一瞥了或許是世間最偉大的故事，卻因為人們蒙昧不知而遭埋沒，是的，我們這位導師向來不相信天馬行空的綺麗幻想，他不相信小說、電影和詩，但他相信所有親眼所見的傳奇，再不可思議他也相信，更因為他對偉大故事的靈敏直覺，他認為寫作小說的年輕孩子來尋找自己是命運的安排，這稍有才能的學生說不定將親眼見證一個尚未誕生的故事，又或者這個故事正因為他才得以誕生，並在人們口中流傳，一想到這個，他便感到由衷的期待與快樂。

老人像一頭森林中的野獸那樣沉靜，帶著貓科動物面對移動生物的純然好奇，同時他眼中亦流竄有百年智慧的靈光，他向自己曾活過的那些日子投問，它們如過去那般沉默不語，這年老的人拾回困惑時，那些困惑已如蝴蝶破蛹蛻變成確切的抉擇。

他不為眼前那名手舞足蹈、面紅耳赤滔滔不絕的中年學者，他蘊含靈性的目光轉向床上那名已然睜開雙眼的年輕人，那孩子眼中的黑色如此清澈，好比夜晚流經山谷的淙淙溪流，保護者桑奇相信，拉薩族的未來在年輕一代手上，是以將亞當的祕密交付給萊昂，他本以為自己會繼續傳承下去，只是時代動盪，他已經失去了其他族人的消息，他有時甚至悲哀地相信，拉薩族剩下的唯有他自己。

拉薩族的確曾經有過榮耀，他們是山神最溺愛的孩子，擁有一般人無從想像的力量與智慧，他們能與萬獸交談，傾聽水流的呼喚、風的迴響，還有品嘗無時無刻幻變的植物氣味。只是他萊昂真有那個資格決定是否將族群的故事交託外人？他這麼做桑奇會怎樣想呢？

他的手大概會一如以往溫柔地輕放在我頭上吧……這名老人喃喃道，不知不覺，眼中已泛起淚光。為了隱藏他臉上的表情，他背過身替訪客準備熱水。

老人開始斷斷續續講述屬於他的故事，透過導師對拉薩語的翻譯，床上的學生偶爾點頭，偶爾面露疑惑，然而那些都不重要，重要的是這個流傳在阿帕拉契山脈裡的祕密，等待多年，終於在這一刻被揭開。

老人的名字叫做萊昂，他談起導師與學生攀爬的那棵樹木，應是這兒唯一能眺望亞當巨木的鐵杉。

——**它也有一個名字，它是我的樹，名叫『小小馬利克』**。

一千年前，曾有一隻調皮的松鼠行經尚未塗上白漆的阿帕拉契西部密林，那時這小東西的胃裡剛消化完一些來路不明的果實，牠在樹枝間跳躍，為了減輕身體的負擔以進行一次格外長遠的彈射，牠排出了體內的糞便，糞便落在一棵年輕雪松根部的苔衣上，漸漸發酵，形成豐沛的營養源，松鼠的胃無法完全消化的一顆鐵杉種子，便在冬天的早晨中悄悄發芽了。

馬利克是拉薩族對松鼠的稱呼，他們只有語言而沒有文字，但對於早晨、中午和夜晚的松鼠，他們有數十種不同的唸法。在幾百年後，成長茁壯的小小馬利克根部，沉睡著一名被遺棄的嬰孩。幾個小時之後，遷移中的拉薩族走來一個褐色皮膚的青年，他看見了遭棄的孩子，並抱起了他，凝視著他。在那永恆般的幾秒鐘凝視以後，青年懷裡嬰孩的眼睛緩緩睜開，更精確地說，嬰孩睜開了三層眼瞼，宛如花瓣綻放，他的瞳孔是金色的，面對森林中的光線震顫著細針似的瞳仁，在所有時間點之後，時間單位愈來愈小，卻也愈往千年前馬利克種子落下的時刻遠去，孩子的目光倒映遠去的時光，呈現出當下的燦爛陽光——而這，就是青年在孩子身上看到的。

拉薩族曾跟隨查拉幾人的腳步走過淚之途，他們跋涉阿帕拉契南部山區，彼時旁觀查拉幾人苦痛的淚水已遭時光蒸發，淹覆在歷史煙塵之中，萊昂的記憶便是從那裏開始，從群山注視的荒野，他從一名被遺棄的嬰孩逐漸長成了活潑頑皮的少年，他的一生和一個名字從此有了無法分割的關係。

第三章　別讓他們發現你的眼睛

他們不知何時來到了黃土遍地的沙漠。

阿帕拉契山區或許未曾有過這樣的地方，但在萊昂童稚的眼裡他們所待之處就是荒漠般的無聊，時時遷移並且永遠無法溫飽。萊昂赤足奔過黃土，奔向不遠處寥寥幾棵他仍不曉名字的樹木，他仰頭尋覓，枝葉扶疏的光影裡有個人影模糊不清，萊昂雙手扶頰，高喊：「桑──奇！」樹頂傳來沉沉笑聲：「小獅子，你幹嘛呢？」

「下來啊！」萊昂不高興地吼著，桑奇喜歡高的地方，總是花上很長一段時間欣賞高處風景，最初萊昂難以找到他，但小獅子年紀輕輕便擁有靈敏的嗅覺，他終於發現桑奇躲在樹上，用一種玩味的目光觀察他。

桑奇十七歲時在小小馬利克的樹根處撿到僅一個月大的萊昂，他們都是負有拉薩族天賦的血脈，桑奇第一眼看到萊昂，便知道他是族中的哪一支脈，也了解那一支脈為何將年幼的生命拋棄。萊昂所繼承的山獅之姓已在上一次的遷移中遠離山林，那唯一的年輕的母獅失去公獅後毅然踏上前往城市的旅途，她的意志顯現在她所選擇的樹上，將嬰孩放在樹下，表示他從此成為這棵樹的孩子。

小小馬利克佇立林中已有千年，它的名字不像它的外觀，馬利克是阿帕拉契西區整片森林裡最高的樹，也只有從這棵樹木上才能凝望遠方擎天入雲的亞當巨人。

萊昂在樹下聲嘶力竭地叫喚，終於令上方的男人騰躍下樹，他落地的姿態永遠輕盈，就像帶著無形的翅膀。

萊昂還來不及抱怨，頭髮已經被桑奇覆滿厚繭的手重重撥亂，他露出溫柔的笑容，深褐色皮膚散發陣陣熱氣，萊昂伸手捉住他腰帶的掛飾，熟練地攀爬到他背上。

「小獅子，你知道我要去哪嗎？」

「不知道，但一定是個好玩的地方。」

桑奇笑著搖頭：「不，一點也不好玩。」萊昂嗅到桑奇頸後夾雜汗味的苦澀，他不敢再多問，但山林中的空氣輕輕地推動，提點他。萊昂在心中悄悄「啊」了一聲。

桑奇背著他離開部落，走了大半個早上來到一棵美麗的、萊昂說不出是甚麼名字的巨大樹木下。桑奇走向樹根處，一手按著樹心，向它溫柔地說話，萊昂聽見桑奇喊出一個名字：「謝菈。」

萊昂知道，每年的這個時候桑奇都會到名為謝菈的巨木底下，懷念以前的時光，然而桑奇從來沒有親口說過過去的事情，萊昂只能年復一年嗅著桑奇頸後的悲傷氣味來到巨樹邊，向上眺望這棵桑奇不再攀爬的樹。

一陣風吹過深山，樹海隨之翻騰，桑奇立時將手按向眼睛，力道之大，讓萊昂以為他會直接用手將眼球挖出，他沒有傷害自己，只是因為疼痛的關係迎著風發出「唔唔」的呻吟。

每到這個時候，萊昂總會從後方環住桑奇的脖子，用小小的手掌蓋住他的眼睛，每到這個時候，桑奇都會在萊昂的手心裡眨眼，讓他感覺睫毛劃過皮膚的搔癢，並且輕聲說：「就是這樣，小獅子。」

可是今天不一樣。萊昂鼻腔中的苦味變得愈發濃重，桑奇的手伸到後方拍了拍萊昂的頭：「沒關係，放開吧。」

「桑奇還是看得很清楚嗎？」

「當然囉，所有的一切……都看得很清楚。」

萊昂心中閃過一絲痛楚，桑奇說這是生病，但萊昂知道不是，桑奇痛苦的原因……是因為他是一隻鷹。

就像萊昂是一隻山獅一樣，桑奇繼承了拉薩族中的獵鷹血脈，並且在生物演進的歷史中脫胎成更高明的狩獵天賦，於是這隻血脈的族人眼睛全是鷹眼，全都有人類無法解釋的全景視力，桑奇狀況不錯的時候，能夠用槍瞄準隔山樹梢上的蜂窩，風吹動樹葉飛舞，他的子彈就像被蜂巢裡的格格陰暗吸入，穩穩地鑲嵌其中。

更多時刻，桑奇感到疼痛，萊昂記得自己曾聽他說過一次死去的朋友，就只有那麼一次，他說因帕爾、謝菈是他要好的童年玩伴，他們三人的父母都因抵禦歐洲人的侵入而死去，他和因帕爾一起照顧年紀較小的謝菈，三人猶如兄妹一樣。桑奇和因帕爾年滿十七歲，即將參加成年禮的前一個晚上，兩人血緣裡的鷹影化作實體在部落的天空盤旋，當時許多族人都看見了，並且為拉薩族消失多年的鷹之影重生膽戰心驚。

這件事要說到拉薩族過去的動物信仰，很遺憾的，絕大多數關於拉薩族真正傳統習俗的紀錄都已散佚，那是因為拉薩族沒有文字的緣故，後來許多學者研究的成果往往根據「方舟會」的文獻對拉薩族妄加揣測，甚至繪聲繪影描述他們是會將活人獻祭給野生動物的邪惡族裔。

實際上，拉薩族的形成淵源和所有曾發生於地球的大災難脫不了關係，若按照老年萊昂所做的自白來看，拉薩族似乎並非一個真正存在的族裔（然而根據查證，目前阿帕拉契山區的拉薩族又確實屬於印地安民族的一支分流，關於這點，留待之後續述），他們是人類誕生後最善良、且熱愛自然的一群，這種血緣和肉體無關，而根植於精神，遠在冰河時期便有一群人，由於不忍長毛象和劍齒虎從此滅絕，和這些動物的靈魂做了協議，讓牠們的部分靈魂與自己結合，從此與這些生物以另一種形式存活下去，這群人後來被認為是拉薩族的濫觴，單就與動物共存這點來看，方舟會對他們的紀錄也不是毫無道理。在聖經裡，或許諾亞就是當時唯一的拉薩族人，由於無法對生命的滅亡袖手旁觀，於是開放了自己的肉體，納入所有的動物靈魂，並讓這些靈魂在新大陸繼續生存……在方舟會中，諾亞便是古今往來最強大的拉薩族人，而方舟指的也不是實體的大船，而是一介人類的肉骨凡軀。

另一方面，對拉薩這個字進行字源學的分析，可以得知「拉薩（La-sa）」是在太古時期，兩個從未見過彼此的人類驟然相遇時，看見對方所做的稱呼，也就是「人」。那麼回過頭來看，一百年前存在於阿帕拉契山的拉薩族，只是過往如巨樹般開枝散葉的拉薩族底下一分流。

這細如微血管的阿帕拉契拉薩一族，和世上所有不知所蹤（但確實存在）的拉薩族人一樣，為了保護無法言語、受盡迫害的野生動物們自體更改體內構造，使得他們能夠容納萬物的靈魂，他們的身體也承襲了所容納的動物生命，得到不可思議的力量。

譬如體內容納黑熊靈魂的拉薩族人，會擁有壯碩的身材和異於常人的靈敏嗅覺；容納公鹿靈魂的族人，能在山間輕盈地跳躍，奔跑速度和風一樣快；容納狼靈魂的族人，特別聰慧、善於追蹤……不一而足，其中最為特別的就是容納蒼鷹靈魂的人，這種人具備一種在將來被稱為「全景視力」的特殊天賦，他們的眼睛無比銳利，能夠看見所有微小的東西，但容納鷹類靈魂的拉薩族人，卻往往在天賦覺醒約三年後，不是離開原本生長的土地，就是因發瘋而被流放。

所有的鷹，年輕時都喜歡高處，擅長射箭，能夠從遠處清楚看見地面的一粒灰塵，沒有人知道這些鷹後來都怎麼了，只流傳起鷹類繼承者通常都容易早死、並且會被瘋狂附身的傳聞，儘管如此，每一個拉薩族人也都知道，只有鷹隼才是拉薩族當之無愧的「高處保護者」。

因此，當桑奇與因帕爾的精神體化為鷹體在空中翱翔，底下的族人們雖然心中不安，卻也不願朝壞處想像，這兩隻年輕的小隼鷹還有望之無垠的未來正等待著他們，同時，成年禮後的祭典中也有其他節目準備進行。

那是「永恆篝火」的聚會——眾人共同坐在火堆旁凝視彼此的寂靜儀式，在拉薩族的觀念裡，人死後會來到一熊熊燃燒的篝火前，你在火堆旁坐下，凝視火焰思索來到這裡的原因，你的記憶總會一片模糊，但漸漸地，你的目光移向火焰之外，你看見你早已死去的父親、母親、手足、朋友們參差地坐在無數陌生族人之間，那些族人面容嚴肅，有些看來年邁老朽，他們低聲哼唱來自遠古的歌謠，這時，你再度看回火焰，你看見的，是正坐在你對面，與你隔火相望的人，那個人是你此生最愛，他或她的眼中星火跳躍，你便看著那火，那人眼裡的火，彷彿兩人嘴角都帶著笑意，因為知道這寂靜美好的一刻將永遠持續下去，對拉薩族人來說，這就是死後會到達的地方，對他們而言，這也是活著時難以達到的福祉。

桑奇和因帕爾成年禮後的祭典，就是對永恆篝火的死去世界所做的模仿，桑奇說，就是在那場儀式裡，他和因帕爾並肩坐著，知道身邊的是自己情同兄弟的友伴，他們已經感到無盡的快樂，然而當儀式開始，桑奇發現坐在自己對面、隔著火焰的人是謝菈，他和因帕爾共同拉拔長大的小妹妹，他忽然意識到自己對她深厚的愛。

那渴求死後與自己永恆對望的心，已經不是哥哥對妹妹單純的親情，意識到這點，桑奇劇烈地顫抖了，因為在同一時刻，他和因帕爾都察覺到彼此愛慕謝菈的心意。

「來比畫一下吧，用剛覺醒的鷹眼。」因帕爾對桑奇說。他的天賦比桑奇成熟更早，成年禮結束後立即成為全族中最高明的弓箭手，他們商定要用射下的東西換得謝菈的心。

桑奇決定爬上阿帕拉契山脈最高的樹——亞當巨人，從亞當巨人的側枝上瞄準位於天邊絕壁上的一朵枯烏哈，這種能夠當作藥草的稀有植物一直是謝菈喜愛的花種，他射下那朵花，在傍晚時送去給謝菈。

他只走到一半，一聲鷹嘯便讓他停下腳步，阿帕拉契山的夜晚穿梭著各式各樣的拉薩族人精神體，有狐狸、紅雀、白尾鹿、黑熊等所有野生動物，這是因為拉薩族人們普遍入睡的緣故，他們入睡後擁有何種動物血緣的人，精神體便化為那種動物，在阿帕拉契山區間馳騁。

但無論是何種動物，鷹類的精神體除了桑奇以外只有一個人。

他看著因帕爾的精神體在夜空中與另一隻鷹打鬥，那隻鷹和因帕爾簡直一模一樣，有那麼幾次，桑奇都要分不出哪一隻鷹是因帕爾，哪一隻是真正的鷹。時間一分一秒過去，終於，因帕爾的精神體佔了上風，牠猛禽的腳爪擠壓另一隻鷹的胸腔，令牠痛苦不堪，桑奇猛然捉住胸口的掛飾，他感覺到自己的失敗，最後，一枝從遠方急飛而來的箭貫穿鷹的頭部，那隻鷹墜落在因帕爾精神體盤旋的地方。

沒有任何禮物比得上自己的屍體。這帶著赴死堅決的愛會震動他們共同追求的那名女子的心，桑奇放棄了，手中的枯烏啦輕飄飄地落在地上，就像一根鳥類的羽毛。

因帕爾和謝菈進行夫妻儀式後不久，白人便侵進了他們的部落，帶來槍砲和疾病，當時所有不具備天賦的拉薩族人全都因不知名的可怕病毒死去，尤其是女人和尚未覺醒的孩子，桑奇和因帕爾成為抵禦外來者的戰士，因帕爾固執地使用弓箭，而桑奇則開始用從外來者手中奪取的槍，鷹眼與槍械的組合簡直是神與魔鬼唯一一次合作的創造，桑奇的攻擊彈無虛發，那些外來者甚至傳言：山裡的魔鬼讓子彈都轉了彎。

「你啊，忘記祖先的教誨了嗎？」一次襲擊過後，因帕爾對桑奇說：「有一天你會被這東西背叛的。」

桑奇不置可否地笑了笑，手指熟練地清理槍膛，出於無人能解的原因，桑奇的手就像自己知道該如何照顧槍枝一般，他更喜歡將子彈一顆一顆餵進槍巢，彷彿他天生就是善於使槍的西部片主角。

「它比弓箭好用多了，配合我們特別的眼睛，你試試看。」桑奇將槍遞給因帕爾，對方狐疑地接過，模仿桑奇瞄準時的姿勢瞄準天際，卻在即將扣下扳機時身軀陡然一震，因帕爾捂著眼，槍從手中滾落。

「你在做什麼啊？用槍要小心一點！」

「我知道……只是，我的眼睛……」

桑奇永遠也忘不了因帕爾那時說的話，他的聲音無比冷靜，帶著絕望的質地：「我忽然……每一件東西都看得好清楚。」

那天是桑奇扶著因帕爾回家，他根本無法睜開眼，而且就算閉眼也會看見光線和各種顏色，因帕爾說他看得到眼皮裡的微血管蠢動，桑奇環著因帕爾的肩膀將他完好地帶回謝菈身邊，對露出擔心表情的謝菈投以微笑和安撫。「一定是太勞累了，天賦使用太過也會疲乏。」

謝菈似乎鬆一口氣：「果然是這樣呢，謝謝你，桑奇。」

「沒什麼，那麼，我先離開了，你可要好好照顧他啊。」

「嗯，就像你們照顧我一樣嘛。」謝菈柔聲說。

桑奇正想走，卻感到莫名不安，他轉頭望向自己依然深愛的女子和他此生的摯友，謝菈一瞬不瞬凝視他，因帕爾扶著謝菈的肩膀，身體似乎在顫抖，桑奇沒有省悟到這是一個預兆，他只是依戀地多看了一眼謝菈眼中的光點，隨即轉身離去。

桑奇不知道，自己走了以後因帕爾無法繼續維持站立，他讓謝菈將自己半拖半抱到小屋內，接受來自妻子的照料。躺臥在地的他，時而對謝菈說：「我可以看見你上一秒臉上所有的紋路，還有下一秒所有的紋路，你的臉看起來真是不可思議啊！」時而向左邊嘔吐，並對自己的嘔吐物發出尖叫。此時在因帕爾眼中，世界瞬息萬變，只要他願意耗費心神細看，物事毫微畢現，對他來說再沒有醜陋與美，只有繁複、無盡的繁複。

謝菈為了尋求族中長老的幫助暫時離開因帕爾，臨行前她試著對他說話：「我很快就回來，請你堅持一會。」因帕爾無法聽進妻子的語言，反而著迷於她嘴角浮動的線條，他特別鍾愛妻子說話時嘴唇的色澤，於是當她說完話離開以後，他仍不斷將目前景色調換回謝菈張合的唇瓣，直到許久許久以後，因帕爾方才發現妻子不在的事實，他驚慌失措，誤以為謝菈被白人擄走，否則還有什麼可能呢？

距離他們上一次抵禦已經過去整整一週，因帕爾的事情傳遍拉薩部落，然而因帕爾毫不知情。自從他回來以後就不曾入睡，他沒辦法睡著，只要閉上眼就會看見今生所見的所有景色，他以為自己才剛從白人的襲擊中回來，他無法區別明天與現在，他依稀能辨認出在這流動如水的種種畫面裡，唯一不動的背景是他與謝菈的家，這讓他感到如此惶恐，因為在這靜止畫面裡謝菈不存在，她到哪裡去了？因帕爾甚至呼喚桑奇，他的精神體幻化為鷹，向阿帕拉契山脈最高的峰巒瘋狂撲撞。

那隻鷹所有人都看見了，後來的拉薩族人提到因帕爾時都稱他為「瘋鷹因帕爾」，這個稱呼絕對不能被桑奇聽見，否則他會將說出這個詞彙的人打得血流不止，除非有人將年幼的萊昂抱到附近，桑奇才會立即停手，但他永遠都不會原諒以嘲弄語氣說出因帕爾名字的人。

由於多天的失眠加上失控的全景視力，因帕爾獨自在家，雙手尋找支撐，眼白佈滿血絲，他胡亂捉摸，最終在桌上找到桑奇忘了帶走的左輪手槍，他緊緊握住那把槍，彷彿那是他僅存的希望，他閉上眼，試圖讓畫面停下來，成千上萬的線條扭曲在一塊，確實不再轉動，好似旋轉的影像被按進正確的方框裡，一切都停止了，他仍待在沒有謝菈的家，他舉起槍，緩緩地，指向那個正開始產生晃動的唯一光影……

因帕爾陷入瘋狂時，桑奇正在南方代替他進行對外來者的反擊，一顆子彈劃過他的左眼皮，頓時他的視線被血液模糊，他開始任意開槍，只對著敵人的方向，沒有人知道他的子彈是怎麼穿過層層樹木來到白人胸前，並且執拗地鑽了進去，桑奇想起因帕爾愛稱他的子彈是「刺猬乙奇的針」，因為那時候的人們普遍相信刺猬能夠發射身上的針刺，這些針刺觸及人類皮膚時還會自動鑽進肉裡。

桑奇和其他族人們撤退到亞當巨人後方，這最後的生命線，假如那些殘暴的開拓者決心穿越，他們會以性命相搏，桑奇按著眼上的傷口靜靜等待，其餘人也為之屏息，幾分鐘後，僵持結束，侵略者撤退了。

桑奇從胸口吐出一口長氣，月亮已經升起，明亮的光芒連太陽都望塵莫及，在整夜整夜的對抗當中，他們沒有時間抬頭看看月亮，直到現在，這是第一次，桑奇發現月亮在夜晚是那麼樣的璀璨輝煌。

就在這時，一隻銀色的鷹越過高空，朝月亮旁的山壁飛去，桑奇聽見身邊的族人傳來窸窣耳語，桑奇沒有說話，他帶著近乎肅穆的心情凝望那隻鷹，牠沒有影子，可以斷定是因帕爾的精神體。那隻鷹先在他們上空盤旋，彷彿正尋找什麼，嘴喙發出低嘯，音色創痛無比。桑奇哽咽地喊出鷹的名字：「因帕爾！」卻無法阻止牠，因帕爾的鷹飛向山，開始一次又一次將自身撞擊在山壁上。

桑奇赤腳跑過山徑，就像一隻棉尾兔那麼快，當他來到因帕爾與謝菈的家時，正趕上聽見第一聲槍響，隨後是第二聲、第三聲……

桑奇花了很長一段時間，才用顫抖的手推開門，事實上，他猶豫的時間並沒有那麼久，因為他潛意識地害怕其他族人到來時會發生的慘況，到時他就無法好好與他們告別了。

與他們告別……「他們」是誰？桑奇咀嚼這層疑惑，試圖讓自己專注在臨時想出的問題上，但當他走進屋裡，看見屋內的景象，他仍感到無法呼吸，左眼的傷口劇烈疼痛，疼痛也好，他想專注在疼痛上，他的眼睛卻不放過他，他的眼睛，具有鷹類的銳利與敏感，他無法不將眼前的畫面盡收眼底，他看見血，看見他曾親手編過髮辮烏黑長髮，以及謝菈脆弱的身軀，他必須一次又一次強迫自己從地上的血泊移開目光，他必須提醒自己呼吸，或者停一會再呼吸，以免過度換氣。而他的好友啊，正拿著槍痴痴地看著他。

「桑奇，這是……怎麼一回事？」

「沒什麼。」桑奇用盡全力讓自己的聲音聽起來平靜，打從一開始他就不認為因帕爾是真的想做這件事，當他看見那隻不斷撞向山壁的鷹時他便知道了，因帕爾的痛苦、迷惘、混亂，彷如溪水一般流進他的心裡。是以他只能再重複一次：「沒什麼，你剛才開槍了嗎？沒射中我，也沒有任何人受傷。」

「我以為那些人回來了……」因帕爾的聲音開始顫抖，語速也愈來愈快：「我以為謝菈被帶走了，我看見靜止的……這個屋子，桑奇！我看見這個屋子是靜止的，你明白我的意思嗎？」

「我明白，所以沒事的，因帕爾……」

桑奇眼看好友明亮的目光逐漸黯淡，他看向地面狼籍，隨後再望向自己手中的槍，桑奇在心裡大聲呼喊：看著我！

因帕爾沒有看他，再度開口說話時，聲音反而變得十分冷淡：「桑奇，你不用騙我，我不是瞎了，我看得非常清楚……所有的一切，我都看得非常清楚……」

他的眼睛發紅，緩緩張大了嘴，好似即將進行一次狩獵的歡呼，然而他的五官緊緊皺在一塊，那不是歡呼，而是哭號，因帕爾無聲地痛哭，站在那兒，手指無力卻迷惑，鬆鬆地抓握槍枝，他不知道該拿那把槍怎麼辦，既恨它，又無法隨手扔棄，於是他的手勾著槍距離身體一段距離地擺置著，哭得顫抖不已。

「我以為是『那些人』啊！桑奇……」

「我知道。」桑奇小心翼翼地走向他，努力撐起似笑非笑的表情，存有一絲微弱的希望能用笑容安撫他……想擁抱他，卻怎樣也伸不出手，終歸來說，這個男人都殺了那名他們共同愛戀的女子，桑奇用力搖頭，瞠目結舌但又步步向前，他不容許自己退縮，記得他們十七歲成年禮時，所有參禮少年都會從長老那兒接受一份禮物，那是人生中僅只一次的占卜，桑奇和因帕爾輪流走入長老的儀式石圈。

那個老傢伙……他們私底下都這麼稱呼他，老得就像從未活過，身上每一吋皮膚都向土地致敬般地重重垂落，當一名少年走入石圈，老者口裡哼唱著難懂的咒語，將一把動物骨頭和碎石子扔向石圈中心，他只會在這時候說話，在他扔出的東西飛散出一種唯他能懂的符號，老人會靜靜湊近少年耳畔，說出他人生的意義，或者未來一生的追尋。

「你的占卜結果是什麼？」因帕爾離開石圈時，桑奇問。

「等等再告訴你。」

因帕爾朝他吐出舌頭，飛快奔向下一場儀式的火堆旁，桑奇只好獨自走入石圈，那時，所有人都已結束占卜的儀式，他們由耳朵接收到來自長者的禮物。

長老一如以往扔出石與骨，它們在空中碰撞發出極為奇妙的聲響，石骨彈射得非常遠，有一塊老鼠頭骨甚至飛越過石圈落在火堆旁的草地上，桑奇不好意思地將骨頭撿回，交還給老人時，他聽見老人對他說了一個古老的字。

——保護。

桑奇緊緊閉上眼，然後睜開，說服自己回到現實中來，現實是，謝菈死去了。她的血和頭髮沾得滿地都是，而他的朋友站在那兒，惶恐不安。

「這是我的錯。」桑奇終於開口：「我活著的原因，生命的意義，全都消失了，我犯了天大的錯誤……」

因帕爾張開嘴，但桑奇不讓他說，反而發狂地吼道：「我什麼都沒有保護到……那是我的責任啊！」

桑奇喘息著，等待來自因帕爾的怒罵或安慰，然而沒有，什麼都沒有，他抬起頭，看見因帕爾寂靜地凝視自己，他看著他，彷彿彼此之間橫亙的血泊化成了永恆篝火。

「桑奇，你絕對不要像我一樣。」因帕爾撥弄著手中的槍，緩緩道：「不是你，是我……這是詛咒，不要讓他們知道鷹眼的詛咒，沒錯，是詛咒喔……桑奇，告訴族人們我是個瘋子，我出於邪惡殺了自己的妻子，千萬別說是因為眼睛，小心一點，別讓人們發現你的眼睛……」

桑奇張開嘴想說話，卻愣住了，因帕爾正將槍口對準太陽穴，桑奇身子往前一挺，張開手彷彿要接下他噴濺的靈魂，屋外，有約莫三名趕來的族人目睹這一切，後來他們說，當時瘋鷹因帕爾的眼中充滿可怖的癲狂。

幾年後，桑奇站在亞當巨人下，身上背著年幼的萊昂，回想長老在之後對他說的話：「拉薩族的天空許久未有蒼鷹飛翔，飛吧，小鷹隼，即便你將看盡世上所有。」

桑奇親手埋葬了好友，以及他用整顆心愛過的女子，獨自行走在山林裡，沒有終點也沒有原由，他只希望自己走著走著，便能在深山中和他們的精神相遇。沒有人知道桑奇當下內心在想些什麼，也許他想著死亡，或者流浪，但無論如何，他曾在小小馬利克的樹根發現了一名嬰孩，他無法對如此脆弱的生命撒手不管，於是他抱起孩子，看見他金黃的眼睛，綻放如花心。

第四章　黑色子彈

年邁的拉薩族老人萊昂停下歌謠般的講述，兩位異國客人面前的杯子已經空了，他微微頷首，起身到木屋另一頭取水。

床上的年輕學生低頭不語，良久，抬起明亮困惑的眼睛朝向他的導師。

「您相信他說的嗎？」

導師先深深吸了一口手中的香煙，才道：「你懷疑些什麼呢？」

「那個老人的眼睛不是金色的。」學生答覆：「而且如果真像他說的，他現在……至少有一百五十歲了。」

這話沒錯，一百五十多年前歐洲人開始侵入印地安土地，為所欲為、巧取豪奪，著名的人類學家李維史陀就曾在《憂鬱的熱帶》中描述歐洲人看見印地安人時，認為他們是野獸，但印地安人看見白人，卻認為他們是神，這並不表示印地安人更甘於被奴役，而是他們天生對萬事萬物崇敬的態度，比我們都單純謙卑……師生二人噤言沉思之時，老人拿了一壺熱茶過來，慢慢給他們添滿。

老人再度開口講述，時間回到多年以前，因帕爾、謝菈都已逝世，而萊昂剛滿十七歲，準備參加成年儀式的那天。

桑奇的眼睛始終劇痛不已。

或許就像傳言說的，所有鷹類都是瘋子，他們永遠都無法擺脫被視力逼瘋的命運，儘管如此，桑奇依然將萊昂撫養長大，看著他，沉思即便自己無法活下去，他的部分靈魂也將在新的生命裡延續。

那日萊昂從長老的石圈中走出來，表情黯淡，桑奇拉過他坐在一旁，伸手拍拍他的頭：「怎麼了？」

「有人嘲笑我。」

「為什麼？」

萊昂搖搖頭：「占卜結果，大家的聽起來都很厲害，有『戰鬥』、『永不停止前進』或者

『自由』，只有我……真的很奇怪。」

「是嗎？你的占卜結果是什麼？」

「……追尋。」萊昂小聲說出口，隨即伸手亂抓頭髮，他的頭髮又長又軟，綁著辮子，平時看起來是黑色，在光線照耀下染上紅褐色澤，在拉薩族中十分罕見。「桑奇，大家都說占卜要算的就是生命裡的目的或追尋對吧？可是我的生命追尋就是追尋，這代表什麼？」

「我怎麼會知道呢？小獅子，你得趕緊長大，自己去弄個明白……不管怎樣，我覺得『追尋』是很好的目標。」桑奇微笑起來，他的眼睛纏著碎布，但無妨他握住孩子的手，並對他說：「我告訴你一個祕密，我的占卜結果是『保護』。」

「『保護』至少比『追尋』好。」萊昂洩氣地道：「『追尋』並不強大，是一個逃跑者，感覺一點用也沒有。」

「聽好。」桑奇抬手按住萊昂的肩膀，他看不見，但知道萊昂金色的眼睛肯定正專注地盯著自己，他說：「我曾經認為自己沒有盡責，沒有保護自己應該保護的東西，但是遇見了你，我才知道我生命的意義還沒有失卻，我要保護你，萊昂，所以不要輕視你的占卜結果，如果我是為了保護你而存在，那麼你的生命意義我也會一同保護……難道你認為我的努力沒有用嗎？」

「如果是桑奇……當然不會。」萊昂停了停，忽然有一陣風，不知是從哪吹來的，就像圓圈一樣環繞住他們，萊昂敏銳地嗅到了寒冷的氣息。「秋天要到了。」

「好敏銳的鼻子。」桑奇輕笑出聲：「痛苦嗎？」

「聞到味道嗎？」萊昂搖頭：「不痛苦，桑奇呢？」

「不痛。」那個男人喃喃道：「一點也不痛。」

他們沉默地維持面對面，其中一人卻無法看到對方的姿勢。

這有點像永恆篝火。萊昂想，他沒有加入其他人的篝火儀式，反而寧願就這樣和桑奇對望，就算桑奇根本不可能看到他。

萊昂的天賦在成年禮三天後覺醒，其他有父母的孩子在這時會接受戰士訓練，由家中長輩進行。萊昂回想那天，感覺就像在睡夢中突然落入深水，他在瘋狂湧入鼻腔的氣味裡掙扎，他不僅聞到桑奇在屋外烤熟的野鹿肉、初秋乾燥的樹皮味、一株來自五公里外的蒲公英沾著那隻鹿流下的血，氣味的線索在他心中連綴成一束畫面，當他一口氣品嘗畫面，他便能得知自己呼吸每一口氣的前因後果，他甚至能預知即將有一場雨會在屋後的山鷲鳴叫時到來，假如桑奇再不收拾火堆，他們等會就只能吃淋過雨的鹿肉了。

不僅如此。

萊昂還聞到了來自桑奇身上的氣味，他頸後濃重無比的憂傷，聞起來就像冰凍過的淚，從此他不可能錯認這個屬於桑奇的味道，遠在十公里外他都能清清楚楚地辨別。

桑奇帶著濕漉漉的肉來到屋內，他眼睛的情況暫且不錯，銳利地瞥了萊昂一眼便笑出來。

同時，他身上凍住的氣味些許溶化，好比阿帕拉契山頂的雪流成溪水。

「噢，小獅子。」桑奇寵溺地說：「我會好好鍛鍊你，我給你這個約定。」

萊昂咧嘴一笑，從休憩處猛然跳起，他的身體寄宿著山獅之魂，他奔向外頭，在雨中奔跑、跳躍，他的心臟鼕鼕狂跳，體內蓄積的力量無處發洩，他開始對空氣撕咬、攫抓，彷彿眼前有隻凶獸，是他此生勢均力敵的競爭對手。

「來這邊。」桑奇站在森林入口，確定萊昂的注意力完全擺在自己身上以後，他開始逃跑，獵物跳動的背影深深吸引萊昂，他睜大金黃的眼睛跟上前去，於黑暗裡捕捉桑奇的聲息。

萊昂發現自己跑得和鹿一樣快，身處陰影也能看得清晰，只要他想，伸手就能扭斷直徑半呎的樹幹，他跑得愈來愈快，卻見不到桑奇的身影，反倒在他跑得如風如電之時，身邊扭曲的景色閃過一隻年輕山獅的實體。

那隻山獅有一雙金色的眼睛，萊昂與他短暫相望，便知道他們將相處很長、很長一段時間，也許近乎永恆。

山道盡頭是懸崖，萊昂倏地停下腳步，雨早已停歇，一小片陽光從雲層裡灑落光束，就在那兒，一隻尾羽赤紅的獵鷹緩緩盤轉，繞著那束光，發出嘹嘵的鷹嘯，牠的翅膀有成人舉臂伸展之大，羽毛豐美、肌肉精壯，牠不知看見了什麼，半晌後便向下俯衝，飛翔的影子倒映在山間河谷，猶如高速發射的黑色子彈一般。

那天以後，桑奇全心全意將萊昂訓練成拉薩族中獨當一面的戰士，他們甚至遠赴南端冒險鍛鍊，透過層層樹影窺看外來侵略者。

桑奇教導萊昂射擊，不是弓箭，而是槍，萊昂注意到桑奇對於槍械的感情十分複雜，他會在夜晚憐愛地把弄槍枝，將其分解保養，然而萊昂從未見過他真正瞄準獵物並扣動扳機。

萊昂不喜歡槍，他更熱愛近身肉博的刺激感，桑奇在這方面只懂得基礎，但這樣就夠了，萊昂會自己到森林中尋找對手，熊、公鹿或者山獅，他原本瘦削的身體一天天健壯起來，個頭也比過去高了不少，徒手打敗的野獸不計其數，儼然成為山中之王。

也是在兩人離開部族旅行的這段時間，他們發明了一種只有彼此才能理解的狩獵記號，桑奇將那些類似文字的圖案刻劃於死去的枯樹上，讓前往遠方尋找打鬥對手的萊昂知道自己在哪裡等他。

有一天，桑奇與萊昂經過幾個月的分離後終於重新會合，並且一同徒步橫跨昔年查拉幾人走過的淚之途，他們默然無言，靜靜品嘗眼中所見、鼻中所聞，在桑奇眼中，那些土地裡的每一粒沙土都仍在顫動，在萊昂鼻中，他走過的地面仍殘留著鹹苦，他們若有所思、苦行僧似地走到夜晚，準備尋覓地方休息時，萊昂忽然警覺地停下動作。

桑奇更早就看見了那道隱藏在黑暗裡的人影，他扔下包袱，靜靜地投以銳利凝視。

他們對峙著，沒有人先開口或動手，約莫一分鐘後那個人輕輕笑了起來。

「拉薩族人啊，我們已經觀察你們很久了。」

他說著流利的拉薩族語，讓萊昂震驚不已，桑奇不著痕跡將身體擋在小獅子前面，無言地瞪視那人，彷彿他根本不配用他們的母語說話。

「你的眼睛很痛吧？」那人關切地問。「沒事的，我們全都知道，我來自方舟會，拉薩族鷹類的眼疾一直是我們研究的主題之一，如果你願意加入我們，絕對有辦法治療，你將不會發瘋。」

那是萊昂第一次聽聞方舟會，可是當他望向桑奇的臉，他看見的只有憤怒，他小心翼翼地吸進一口氣，桑奇的氣味正在燃燒，幾乎要將空氣吞噬。

桑奇咆哮出萊昂所不懂的語言，讓那人吃驚地往後退卻，然而一會後陌生聲音再度傳來：「你的小獅子比你更有價值，如果你不願意，我們總會捉走其中一個。」

方舟會的那人說到最後語速飛快，萊昂已經無法聽清楚，但桑奇週遭的氣味一瞬間冷卻，變得沉重苦澀。

阿帕拉契山進入冬季以後，他們所能獲得的食物日漸減少，桑奇的眼睛也不斷惡化，他的疼痛，只有在萊昂以溫暖掌心覆蓋眼皮時稍能緩解，然而桑奇也知道，他已經接近瘋狂邊緣，無法入睡，複雜的影像即便閉上眼也持續上演，他害怕方舟會的人趁機劫走萊昂，因此任何時候都無法放下槍，可槍又是他心頭的影子，握著槍，他便覺得自己彷彿正一步一步邁向與因帕爾相同的結局。

萊昂在冬夜裡睜開眼，總會看見失眠的桑奇閉目持槍，倚靠結霜的木門靜靜守衛，他注意到萊昂醒了，並不睜眼，只是朝萊昂的方位微微一笑。

「天亮了嗎？」

「還沒有，小獅子，再多睡一會。」

「沒關係，我已經好多了。」

「你再睡一會吧。」意外於桑奇的語調帶上了些許懇求的意味，萊昂感到困惑，以及鬱結的悲哀，他希望能起身為寒涼的屋子生火，但在拉薩族的傳統中，只有兩人時升起的火焰充滿不幸的預告，兩人之間隔著的火焰，象徵死後的永恆篝火。

「睡吧，萊昂。」桑奇的聲音低沉溫柔，就像來自遙遠家鄉的呼喚，他抵不住匆匆而至的睡意，金色的眼眸望了桑奇最後一眼，此時，坐在門口抵擋寒風的那個男人構成他難以忘懷的畫面，千絲萬縷桑奇抵擋不住的冷風若有似無飄蕩進來，令人發抖，但萊昂知道桑奇已經盡了最大的努力，他身上那淚水凍結的氣味，像泥土又像樹木，更像那些總在他口袋裡鏗鏗作響的子彈，隨著風充滿空間，萊昂不安地呼吸屬於桑奇的味道，既是家人也是朋友，更是他生命的導師……萊昂漸漸地入睡了。

只有幾分鐘，或者幾個鐘頭，萊昂在寒冷中醒轉，他感到全身不對勁，卻說不出個所以然，食物、飲水都擺放在既定的位置上，週遭五公里內也沒有敵人的氣味，但一切都不一樣了，萊昂花了好一段時間，並且，為了自己竟然花費這麼多時間才意識到而悲痛不已。

桑奇的味道從阿帕拉契山脈中消失，他離去的足跡仍散發淡淡的溫度，那是只有萊昂敏銳的嗅覺才能捕捉的溫度，除此之外，整座山在自然殘酷的代謝下，已將桑奇的存在遺忘。

……

……

「桑奇……你的那個朋友，他到哪裡去了？」導師問。

老人搖頭，說出一段難以解讀的話，大意是說：桑奇化為鷹離去了。

那名來自東方的導師後來幾經思索，方明白他指的是拉薩族的精神體。

根據桑奇留下的所有訊息，加上萊昂跟蹤足跡推測的種種可能性，桑奇為了保護萊昂，留下所剩不多的食物與水，獨自前往方舟會，成為他們的所有物。

老人說，他和桑奇之後有十年未曾再見面，卻無法放棄，日復一日追尋桑奇的消息。

他無法放棄，因為桑奇離去以後，每隔一段時間總會有某個夜晚，桑奇的精神體會飛向萊昂。

萊昂隨身背著一根棲木，在荒野流浪，某個晚上他夢見無垠大地上飛掠而過的黑色子彈，那是獵鷹的影子，看著那影子，他無法按捺心中洶湧的依戀與思念，他從夢裡哭著醒來，看見那根屬於亞當巨人的枝幹、同時也是桑奇過去的棲木上，佇立著一隻瘦骨嶙峋的鷹，牠寂靜、空洞的眼神只在萊昂走向他時閃過溫暖的清輝，萊昂朝牠伸出顫抖的手，看著牠疲憊而痛苦的頭部緩緩轉動，最終輕輕倚躺在他溫熱的掌心上，那隻鷹閉上眼，彷彿相當享受似的低低叫喚。

「桑奇，你到底在哪裡？」萊昂哽咽地問，他害怕桑奇的鷹因為受驚而消失，只能用氣音對牠說話。

做為精神體的鷹當然無法回答，萊昂甚至也不確定桑奇是不是有意識地前來找他，照理來講桑奇當初做的覺悟是再也不和萊昂見面，所以只有入睡後，桑奇不會也不能控制自己對小獅子的想念，因此他的精神體飛越層層山巒來到萊昂面前。

萊昂靜靜地流淚，桑奇看起來如此瘦小、脆弱，或許正受到折磨，但萊昂卻不能解救他。

桑奇的眼睛現在怎麼樣了？是否被方舟會的人捉住了？外頭的人是否傷害了他？

萊昂不能得知，唯有繼續撫摸鷹的頭顱。

桑奇的精神體總不會待得太久，或許他所面對的現實連對過往生活的思念都不允許，因此只有在入睡以後，桑奇讓他的精神體自由。

鷹睜開眼，從萊昂懷中漸漸消失。

牠不是飛走，而是消失，代表在遙遠的某地桑奇甦醒了。

萊昂無力地跪坐下來，仰頭朝向星空，像個孩子般痛哭失聲。

第五章　黑暗中

導師及其學生在拉薩族老人的住屋裡過了一晚，隔日黎明，導師向老人暫別，因為清晨裡的森林帶有太多奧秘，他得趁此進行機會教育，學生也表示自己已經恢復體力，雖然頭還有些疼，進行亞當巨人的測量倒沒有太大問題。

他們兩人行走在微霧的山徑，微弱光線從樹葉間靜靜灑落，形成如夢似幻的景緻，走著走著，導師忽然開口：「你肯定還有許多疑問吧？」

「教……老師，您真的相信他說的每一句話嗎？」

「當然。」導師摸索口袋裡的打火機，嘴含香菸，他想了一會，終究還是不忍在這樣美麗的早晨森林中點燃。「如果你不願相信，可以當做是我翻譯錯了。」

「但您是不會翻錯的。」學生低語。

他們翻山越嶺，再度來到曾失足過的鐵杉，現在他們已經知道它的名字——小小馬利克，傳聞只要爬上這棵樹，直達樹冠層，便能望見亞當巨人。導師輕撫小小馬利克樹皮，揮手示意繼續前行。

導師帶領學生走入從未有人涉足的秘徑，周遭森林的姿態以令人驚嘆的方式展現，對於那些模樣各異的樹木，學生無法一一指出名字，但他仍被那不可知的冷冽氛圍與風吹過樹梢的低語所震懾，山的呼吸，彷彿能夠在一瞬間將他們吞噬殆盡，此時此刻，學生體察到自己何以如此渺小，對自然而言，沒有任何事物具有意義，它們僅只是存在著而已。

又因為它們不為他物地存在，使得這千仞萬丈的景色超乎一切地宏大、壯闊。

導師與學生進入一片密林，依循一處山壁試圖繞過，但他們走了約莫一個鐘頭，竟又走回了原點。

導師抹拭額上的汗，仰頭冷靜地一望：「原來如此。」

學生跟著向上看去，漸漸地領悟了。

他們繞其行走的不是山壁，而是亞當巨人的樹軀。

真的要爬上這棵似乎在太古時代就存活著的神木嗎？他們在樹下著裝時，學生不禁顫抖地想。

此時導師替學生繫好安全帽，見那孩子難耐地扭動著身子，他瞇起眼，囑咐別動，仔細將裝備檢查一遍。

「你在樹下等我。」一會後，導師說。

「為什麼？」

「你有一條安全繩索損壞了，也許當時你從樹上摔下就是這個緣故。」

學生沉默了。

「我們的裝備都是索比那準備的。」他說。

「我知道，暫時先別想那些，替我把工具拿來。」

學生在樹下看著導師謹慎地往上攀爬，他的姿態輕盈敏捷，彷彿對這棵樹的所有枝幹、樹皮紋路、溝槽全都了熟於心，學生在樹下等待著，度秒如年。

名為萊昂的老人在最後講述了他與桑奇故事的結局，更正確地說，是萊昂與桑奇分開十年後的一次相遇，那時萊昂從一列商隊中聽聞方舟會的消息，據說這些人帶著一名神槍手四處進行某種「射擊實驗」，他們出售此人的射擊技術，在約定好的期限裡允許獵殺任何東西，大多數是野獸，尤其是特別珍稀、瀕臨絕種的野生動物，偶爾……萊昂聽說也殺過人。

關於方舟會，十年時光匆匆流逝，萊昂已經收集到相當多的資料，雖然仍舊缺乏細節，可是已經足以證實其存在。

方舟會是在整個動盪不安的移民時代裡蠢動的無數新興宗教團體之一，他們宣揚末日將近，人類將會在戰爭中滅絕，唯一的例外是一群躲藏在世界各地，與野獸共生的古怪族裔，他們經過特殊的演化早已不像人類，更經由和惡魔結盟產生獸類的超能力，會內於是分為兩派，一派認為拉薩族是邪惡的象徵，必須與以處決，否則他們會在未來取代普通人類，成為新的人類進化體。另一派則把拉薩族當作解藥，從科學的角度解釋這些人演化出了與其他生物共生的特異基因，過於強烈導致宿主死亡的鷹類血緣則屬於寄生結果，因此只要研究拉薩族人的遺傳因子，肯定能讓全人類得到進化，從而戰勝末日……無論如何，經過無數次內鬥以後，研究派由於始終無法得到實驗體而慘遭驅逐，如今只要提起方舟會，想到的肯定是一群追著拉薩族獵殺的恐怖組織，他們相信拉薩人的身體就是方舟，只要方舟毀滅，方舟裡的動物自然會死在現實之海。

至於當初誘騙桑奇離開的，就是研究派殘留的少數人了，每當萊昂想起這件事，他都會握緊拳頭，重重地將山壁敲出裂縫。

他們終於得到一珍貴的實驗體——桑奇，他們肯定非常高興，而且十分得意，他們會在桑奇身上做出什麼實驗……萊昂簡直想都不敢想，他只能從夜晚桑奇獵鷹飛來的方向推測他此刻所在，並在白晝降臨後不斷追趕。

萊昂追尋了整整十年，某一刻才意識到這的確就是他當初的占卜結果，是他的命運。

順著商隊指示的地點，萊昂快步前進，來到一處亂石密佈的詭異谷地，他仰頭嗅了嗅，分明是黃沙滾滾的石土大地，卻依稀帶著水氣。待他回過神來，才發現自己正陷入泥淖深淵。

假如是平常人，此時肯定會立即掙扎抗拒，但萊昂是拉薩戰士，他聞風不動，大無畏地直直站立在沙坑底端，衡量週遭情況，作為山獅，他有極強的跳躍力，不過另一種感覺撫過他的心靈，他不敢動，這些年他除了鍛鍊自己的嗅覺，也同時鍛鍊了聽覺，他敏銳地捕捉到一絲熟悉的吸氣，那是只在桑奇扣槍瞄準時才會發出的聲音。

一陣風從高處進入谷地，那陣風穿越萊昂，承受著風，萊昂眼中浮起淚水，那是他思念多年的桑奇氣味，那悲傷、宛如淚水凝結的氣味。

這麼多年過去，他終於找到他了，再也不是他們精神體的具現化，萊昂再也不用看那隻巨大獵鷹孤獨無助地棲息在他床頭，這些年來，通過桑奇的精神體萊昂可以感覺得出他過得很不好，現在他只要伸出手、出個聲，獵鷹就能回到他的身邊。

萊昂野蠻粗長的髮絲在空中飛揚，光是這點，就讓在高處伏擊的桑奇頭罩下雙眼劇痛難耐，明明就有這種特殊材質的布料覆蓋住眼睛，桑奇感到非常厭煩，但是敵人的身體並沒有移動，不移動他就無法開槍。

這是在荒野低陷地裡的對峙，萊昂拇指緊靠短刀，預備情況不妙就掏出武器，他能力卓絕，曾在旅行時用刀將子彈撥開。但桑奇沒有理他，看來傳聞是真的，每一次桑奇被帶到這塊低陷地進行埋伏，一旦環境完全封進他的全景視力，動個手指都逃不過他的眼睛，過去有太多因為慌張而移動身體的人，只有萊昂知道，桑奇這種能力的麻煩之處，在全景視力當中，只要你不移動，他就不知道該往哪裡開槍。

萊昂小心吸入一口氣，終於爆發出響亮巨吼：「桑奇！」

他知道那個人聽見了，如浪席捲而來的氣味改變型態，變得迷惑而猶豫。

「桑奇！」萊昂再度吼道。

萊昂並不明白是怎麼一回事，只從槍口煙硝角度改變的味道推測桑奇拒絕射擊，而後，他聞到了血腥。

桑奇的氣味緩緩遠離，一頓一挫，像是被強行拖走，萊昂好不容易從泥淖裡掙脫，到了桑奇曾經藏身的位置發現明顯的打鬥痕跡，以及微弱的血，他追蹤血跡穿越山道，最終到達的，便是亞當巨人。

萊昂從來不知道亞當巨人的來歷，因為那不是他的樹，而是桑奇的。他年幼時經常高高仰望的影子，就孤獨佇立在亞當的枝梢之上。

導師氣喘如牛攀上亞當巨人樹頂，溫暖的陽光再也無法被遮蔽，他瞇著眼，眺望睽違多年的浩瀚光景。它當時究竟想和自己訴說些甚麼呢？導師略一沉思，拿出對講機向底下的學生說：「去把那個拉薩族老人請來。」

「好的，但為什麼？」

「剛才上來的時候我稍微調查了一下，亞當巨人和我上次見到的不太一樣，傾斜的角度明顯變大。」導師道，從懷中拿出那片最初的樹皮：「如果他不明白，把這個拿給他看……原本我還不相信，直到現在，我想事實大概和我猜想的差不多。」

學生順著來時路回到老人的家屋，重重敲著那扇因水氣而濕滑的門，老人探出頭來，說了幾句學生無法明白的話，年輕的他感到極為慌張，導師忘了他根本不會拉薩語，但從導師的急促語氣來看又彷彿事態緊急，他只好伸手拉住老人罩身的長披風，他一抓，不小心扯下了上頭幾根裝飾的鳥羽，便更加惶恐，然而在老人眼中，年輕學生純粹如夜間溪水的目光已經將一切透露給他，老人安靜地抿起乾裂的嘴唇，依循學生牽引的方向往亞當巨人邁進。

這兩人埋頭趕路之時，導師這邊已經垂降至亞當巨人樹腰，為了證實自己的推論，他急著想前往樹底，方才一陣山風吹動，他的身體帶著本能的恐懼緊貼樹幹，卻也因此聽見了樹內部空空如也的鳴響。

亞當巨人已經快要死了。

在導師爬上樹頂的時候，他看見被閃電劈開的主幹上有個深邃焦黑的洞，或許是在他當年離去之後發生的災難，這棵富有智慧的古樹早已預知到自己生命的結果，它曾想對一名來自遙遠國度的學者講述遺言，於是在他手中留下了剝落的樹皮。

導師想起拉薩族老人萊昂的故事，他年幼時，那個將他拉拔長大的男人替遠行冒險的小獅子創造文字，那片樹皮上的記號並非屬於拉薩族，或者任何歷史上出現過的族裔，那些字世界上僅有兩個人可以明白。

至於亞當巨人對拉薩族的意義，只要深掘樹根處就能得知——亞當底下埋葬了當年所有死在白人槍下的拉薩族人，當然，也包括桑奇的摯友因帕爾和深愛的謝菈。不過我們這位導師是不會將祕密洩漏的，畢竟，他自忖：我只是個還沒升上教授的人類學研究者啊。

導師艱難的慢慢往地面移步，不時還得運用攀岩的技巧，將腳掌卡進樹木的溝槽裡，要是此刻手腳配合不當便極有可能粉身碎骨。就在這時，導師耳邊竄過一顆子彈。

他愣了一下，但並不驚慌，那是在西方經常拿來射鳥的槍種，子彈小而輕，射擊的力道也遠低於一般狩獵用槍，假如受到攻擊的部位只是身體而非眼睛等脆弱器官，並不妨礙他繼續移動。

第二顆子彈擊中他的肩膀，他不禁失聲痛呼，儘管殺傷力不似一般槍枝，卻依然能擦破皮膚，他頓了頓，試圖往子彈射擊的方向看去。

「索比那！」導師高喊，彷彿一點兒也不懷疑對方身分。

攻擊停歇幾秒，槍手像是在思考，但緊接著又接續擊發，導師再度喊道：「索比那！」

攻擊停止了，導師小心抬起頭，看見亞當巨人樹腰旁的一棵冷杉上垂吊著他們失散的嚮導，同時也是他熟識多年的朋友。

「你是方舟會的吧？」導師隔空問道：「我知道你是，索比那，方舟會和拉薩族有關就是你告訴我的，可是你為什麼要這麼做？一百多年了，就我所知方舟會已經隨著時代變化消失無蹤……」

那棵樹上的索比那一語不發，只睜著明亮的眼睛盯著他看，黑暗裡，他被一種特別的方法吊在樹上，四肢凌亂的與樹枝糾纏，看起來令人不寒而慄。然而導師也曉得，繩索懸吊對攀樹人而言是最安全不過的滯空方法。

他們無聲對峙，許久許久，導師忽然發現了不對勁，一隻顏色灰白的無名鳥類輕盈地降落在索比那身上，啄食他的眼球，導師這才注意到索比那胸口的一根飛箭，由於衝擊力道過大，連羽毛都埋進了他的胸膛，以至於導師一開始難以發現。

學生和拉薩族老人在樹根處望著導師向下的身影，他終於回到地面，學生看著他和老人快速交談幾句話，老人起初無法接受、震怒已極，但最後導師向學生要回那片樹皮，將其交給老人，並牽住他粗糙乾枯的手沿著亞當巨人繞行。

學生默默跟隨，他們走到亞當樹根某處，那兒由於不明的原因產生裂縫，因風的進出正輕輕歌唱，老人站在縫隙前檢查手中樹皮，從學生的角度可以觀察到他的手正如帕金森氏症般劇烈發抖。老人對著樹皮自言自語，而後壓低身子湊近縫隙，深色的眼睛漸漸濕潤。

「怎麼了？」學生悄問道。

「你等著看吧，這棵樹的生命已經到了盡頭。」導師回答：「還有隱藏在樹皮裡的祕密，待會全都會曝露出來。」

老人不需要任何砍伐工具，他有一雙全世界最強壯的手，若不是親眼看見恐怕也無人會相信，老人毫不猶豫地將手埋進縫隙當中，蹲低身子使出全力，縫隙發出一陣碎裂的劈剎聲，隨著他的動作，亞當巨人體內逐漸被挖開，那隱藏於深處的黝暗樹洞彷彿沒有盡頭，老人卻毫不猶豫舉步進入。導師向學生點頭，他們一同跟上前去。

後來這兩師徒告訴我一個說法：亞當巨人其實早在數百年前便遭閃電擊中，成為死木，但拉薩族人崇敬它的高度，因而使用某些技巧進行加工，讓它屹立不倒，可也因為這些加工和時間的磨損使得沒人能確切的指出亞當巨人究竟是甚麼樹，更可能的是，亞當巨人根本就不能算是一棵真正的樹，而是拉薩族流傳已久的巨大墓碑。

紀念著從古至今為萬物生靈而死的族人。

導師與學生跟著拉薩族老人的腳步來到樹洞內部，沒有一星半點的燈火，老人的腳步卻不曾放緩半分，也不曾因路途崎嶇而顛躓，事實上，他好似能在黑暗中視物，導師只要和學生牽著手，緊緊跟隨老人步伐，便絕對不會摔倒。

走到某處時，學生聽見老人呼吸變得急促。

「我們就到這裡吧。」導師按住學生的肩膀，並引領他往後退去幾步，留給那名拉薩族老人一些私密的空間。

儘管嚴格來說，黑暗中他們是甚麼也看不到的。

「那是甚麼？」學生問。

「你說你看見了甚麼？」

「老師……我真不敢說……那是不可能的。」

「任何事情只要親眼所見，都已發生，你必須相信它們。」

「我……這裡一片漆黑，我想自己可能是看錯了。」

「也許是那樣沒錯。」導師沉默一會，黑暗裡響起打火機點燃的細微聲響，緊接著一道火光照耀在導師年長的面孔上。學生呆若木雞，這是他親眼所見唯一的現實，他盯著導師的臉，緩緩地，像是怕祕密被人聽見般開口：「我看見保護者獵鷹・桑奇和追尋者山獅・萊昂。」

「是的，我也看見了，這真是一個好故事，不是嗎？」

「我不確定獵鷹桑奇是不是活著……」

「那不是我們應該操心的事。」

「還有樹皮……樹皮上的文字到底代表甚麼？」

「你仔細想想萊昂的故事，那些圖案根本不是文字，只是安靜地對流浪的山獅一次又一次訴說：『我在這裡』。」

學生終於明白了，沉默不語。一會後，導師點燃香菸吸了一口：「好，我們走吧。」

於是，我們的導師與學生就將那名拉薩族老人留在樹洞裡，兀自從黑暗中走出。接著，他們實際測量了亞當巨人的高度和直徑，測量出了所有能在研究報告裡使用的資料，其後，導師看了索比那的屍體最後一眼，便和學生一同離開森林。

他們經過複雜的手續回到原鄉，導師運用在阿帕拉契山脈得到的資料寫作論文，並據此通過了升等考試，成為研究國外原始住民的學術權威。

至於我的朋友……也就是那名學生，他認為自己和這個故事太過親密，無法將其寫作成文章，是以央請我替他完成，我將文章寫作到一半時在網路上看到一則新聞，關於阿帕拉契山區一棵千年巨木被閃電擊中而起火燃燒，我盯著電腦屏幕觀看聲勢浩大的火焰，不禁感到那是真正恆古不滅的拉薩族永恆篝火。

我從未見過保護者桑奇和追尋者萊昂，單就我從朋友口中聽到的故事來說，也委實過於片段殘缺，我總有一股預感，這個故事還沒有結束，因此，我打算先將目前聽見的故事暫擬草稿，一個月後，我會親自前往阿帕拉契山區，尋找那燃燒成炭的亞當巨人。

但或許我甚麼也不會找到，畢竟導師已經告訴我，萊昂和桑奇都活了太久的時間，那場火是他們與亞當巨人的共同殉葬，然而我依然無法忘記，自己曾在黑暗中隔著一片玻璃窗見到的美麗山獅，牠的眼睛金亮如炬，預先告訴我整段故事的結局……

面對篝火，他們輕聲交談，這不是儀式（也可能是），無論如何，沒有任何人阻止他們。

「桑奇，你的占卜結果是什麼？」謝菈問。

「我嗎？是『保護』。」桑奇說，又問因帕爾：「你的呢？」

「『承受』，很模糊的目標啊……」

他們交換幾聲壓抑的笑。

「你呢？謝菈？」

她正要開口，篝火火光撐起的圓圈有新的人影加入，他們紛紛抬起頭，看見那個人以後，露出了彷彿等待已久的笑容。

「是你啊。」桑奇朝他伸出手，輕輕地摸了他的頭：「怎麼搞的？都到了這裡也還是個矮小子呢。」

謝菈和孩子擁抱，因帕爾讓孩子坐在桑奇對面，他們開始了永恆的對望。

桑奇朝他眨眼：「那麼，你的占卜結果是什麼呢？小獅子……」

THE END

第一屆・優選
〈蕭月孟國離野納三界〉

林子瑄

作者簡介／林子瑄

現職為雇員，主要於整理糾結事件的文書工作，於假期時才能從事創作，對於文學創作仍抱有理想，自我期許能有更多作品問世。

一、召喚

新京競馬場的賽馬已經就位，馬兒激昂振奮，閘門一開就要衝刺。眾人屏息以待的一刻，突然揚起停止的信號聲，溥儀現身高台朗讀書信，「……期望滿洲國內的『滿人』、蒙人、藏人、回人、漢人在諸天眾神『綠度母、妙音天女、觀音菩薩、如來佛祖、元始天尊、三清道祖、耶穌基督』的護佑下，日日心想事成、三羊開泰、五福臨門、鴻圖大展、金玉滿堂、步步高升……」關東軍與日人聽了不是滋味，滿洲皇帝什麼人、什麼神都提了，就是沒有天照大神、天皇與日人。不過，滿人與漢人也不明白溥儀想說什麼？這篇文告實在沒頭沒尾、不知所以然。

溥儀一宣布離席，遠端天際隨即飛過整列大雁。

入夜，溥儀「獨自在房內」；那是悲涼且自我欺騙的獨處，房外其實相當熱鬧，監視著他的部隊比紛飛的深秋枯葉還多。

有隻松鼠跳著、翻著、滾著來到窗邊。牠抓了抓檽，溥儀開窗，牠俐落跳到他腳邊。

溥儀蹲下捧起，牠沿著他手臂爬上肩膀；關東軍特務看到皇帝在玩松鼠，油然不屑一笑。

溥儀帶牠上床，蓋上被子，從腳蓋到頭；成千上萬的監視者再度蔑語，滿洲國外烽火連天，曾由他統治的百姓正值水深火熱，想不到皇帝竟然早早就寢，無怪乎大清滅亡。

溥儀的呼吸拂動著絲綢被，繡線優雅翩翩地揚起、落下、揚起、落下。他閉目默數：一、

二、三……數到四之前，他掉進床，他像失去羽翼的雄鷹，正從高空墜下。

「參見皇上。」公孫亞士跪禮。

溥儀站穩、睜眼，這次在賭場。這兒的窗戶以厚簾密封，阻絕了日光月光，無法知悉人間正值幾時刻鐘。空氣些微凝結，抽風機轟轟轟地從遠端送進氧氣。五十檯豪華賭桌魅惑著人們沉淪。

溥儀龍顏大怒，「公孫氏！真麻煩！」

她恭敬回應，「皇上，記得微臣說過，有極機密任務需要交付之時，再以密語召喚，畢竟關東軍特務多如雜毛。若非要事，隨時可召微臣入宮。」

那個莫名其妙的文告就是召喚密語。若以「日人」為首，相約在上半日，以滿人為首，相約在下半日。相約時間則是文告裡條列的神佛數量，一神為一點鐘，十神為十點鐘。

「隨時召妳入宮？」溥儀不悅地訕笑，「我大清有妳這位奇士，關東軍亦有之。妳們奇士之間總是互通有無、私相授受，朕交付予妳的任務，不需要特務打探，妳自然也會告知予之，朕所言可有假？」

「臣知罪。」

她不明白皇上盛怒所為何事？蓋關東軍的監視系統有二脈，一脈是人監兵，布署在溥儀所在方圓一公里之內，溥儀走到那裡，這群隸屬於關東軍情報部第一局的特務就跟到那裡，另一脈是以鬼做為監視，鬼監兵是也，隸屬關東軍情報部第三局，但是鬼監兵被下達「禁監令」，禁止進入溥儀方圓一公里的空間；僅限溥儀，不包括她。

當溥儀以密語召她、她用幻咒將溥儀帶離皇宮，其實仍舊無法擺脫所有監視，因為溥儀一移動，雖然人監兵不曉得，但鬼監兵必然知道，仍會引起關東軍的注意。動或不動，日本人都曉得，那又何需密語？皇上明明知道此情況，何以召喚了卻又勃然大怒？

溥儀瞬間轉換心情，平靜地說，「還沒有客人？」

「皇上別開臣的玩笑，賭博這種不光彩的行業，只能與鬼門同時開。」

「妳也是人才，竟然擁有新京最大的賭場，真是英雌出少年。」

「臣惶恐。」

「這是昨天捎來的密文。」

她恭敬接過，折開，是蔣介石拍來的。當中寫道，兩週前，國民黨特務在雲南發現一位奇士，名叫艾塵、十四歲、男、身型嬌小、長髮及腰、膚白如雪、聲如氣絲。艾塵擁有恢復健康的幻咒，身中十槍已死一小時之內的士兵只需服用他一滴血，十分鐘就能回魂健壯。蔣介石想據為己有，派出大批奇士特務緝捕，想不到艾塵連奔帶跑，短短十日就從雲南逃入蒙古國，多數特務趕不上，最後只有何道生軍修在追緝，但因為已抵中蒙邊境，蔣介石無意徒增外交困擾，就要何道生軍修返回重慶。蔣介石在密函裡以「滿漢本為同一家、勿讓日俄奪神器」之語結尾，要溥儀協助緝捕艾塵。

溥儀說，「何道生追了十日亦無法捕獲……朕知妳行，但若是要艾塵落在朕手中，妳勢必會與何道生同室操戈……」

「皇上，我公孫一家受清朝眷顧百餘年，離開紫禁城之後，僅我公孫氏誓死追隨聖上。公孫氏對聖上一片赤誠，奉聖上為圭臬，為護守聖上亦可父子反目、手足相殘。」

「好！朕要艾塵！」

「臣遵旨。」

她請溥儀閉目，以大雁幻咒送他返回寢宮。

其實，她覺得很怪，為何密文寫道「士兵死亡未超過一小時」、「十分鐘可治癒」？蓋千年以來，幻咒凌駕時間之上，時間是低等的物理，無法詮釋幻咒的實際，怎麼艾塵的竟然有時限？這豈不是說，艾塵長大之後，當幻咒能力上升，可以從十分鐘減少至八分鐘、七分鐘、六分鐘？倘若他生病，治療效果是否就降低？從十分鐘增加到十五分鐘、二十分鐘？那又為何是十分鐘，而不是七分鐘、二十一分三十秒、四十三分鐘三十四秒？真詭異。

鬼門開的時辰到，賭坊開門迎客。公孫亞士是老闆也是守門員。她穿著金色連身長洋裝，長髮如雲絲般垂落。她在眼窩畫了一雙喙喙相對的展翅白金色鳳凰，在燈光折射下，顯得霸氣妖魅。

她靠在門邊，一一看著貴客。有對父子初次到來。父親是北方人，高大壯碩如熊，兒子是中俄混血，黑髮褐瞳皮膚雪白。他們穿著西裝，拄著純金打造的手杖，一看就是富裕，但她不准他們入內。

「不讓我進！叫老闆出來！」

她一聲不吭。

這對父子以漢文、俄文咆哮，她聽得煩，直接帶他們到旁邊暗巷聊聊。

一進入黑暗天地，鳳凰飛離眼窩，靜佇在她兩旁，瞪著他倆。

那位父親氣定神閒地說，「我帶了千金萬金要來賭，為何不讓我入內？不讓我賭，我就去告發妳們這間黑店。」

她側身坐上右邊的鳳凰，悠哉飛著，讓另一隻飛迴他們一圈。果然如她所想，不是平凡人，鳳凰照出貼附在他們背上的「骨逝隱」。

骨逝隱是一種契約關係。捧著一杯自己的血，誠心向黑夜祈求心想事成、事事順利之願，骨逝隱便會降臨。骨逝隱會變成自己的第二雙眼、第二雙耳、第二雙手腳，隨著自己意思行動。人在明處計策，骨逝隱在暗處探查操控，如此當然事事順心。不過骨逝隱沒有很強，一對一單挑、賺點小錢是可以，但要攻城掠地、富甲天下，辦不到。骨逝隱只是另一雙眼、另一雙手、另一個自己，而非成千上萬的化身……骨逝隱不要求任何回饋，可是，沒人想締約，因為至今還沒有奇士知道骨逝隱源自何處、源自於誰，也沒有任何方式可以解約。締約者若想以自殺解約，骨逝隱會制止死，倘若重病將殞，骨逝隱會不計一切救回，即便成為喪屍，骨逝隱仍會細心呵護，讓締約者成為事事順利的行屍走肉。

公孫亞士說，「拿個幾百萬來花花，要不然，我就告訴全新京的賭場你們詐賭。」

那位父親輕蔑一笑，「別人看不見，又怎麼會相信？」

「這裡是關東軍的地盤……他們會用所有刑具逼你說出實情。一般賭客被刑求兩、三回就撐不住，但有骨逝隱在，你們永遠熬得過去。你們會經歷科學與醫學所無法理解的酷刑。他們會用毒氣悶你，會慢慢割斷你的手腳，會切開你的胸口，捏著心臟，問你『是不是有詐賭』……」

「我們錯了。」他豪氣笑語，「錢而已，沒問題，妳要一百萬還是三百萬？五百萬也沒問題，一千萬也可以。」

「三百，現在就要。」

「我們立刻送來給妳……」離去之前，他問，「妳是南方人？」

「是。」

「果然沒錯，靠嘴而勝的，只能是南方人。」

「南人天生心思細膩。」

「敢問姑娘貴庚？南方女子皮薄肉細，常常半百還像少女，我們這種北方老粗總是無法分辨。」

「我老了，十七。」

「真是英雌出少年！」

「巴結沒用，三百萬，快。」

月兒還沒在天上劃留長弧，幣鈔三箱已送抵她面前。

二、矛盾

公孫亞士越想越不對，蔣介石發密文到新京，忌松寺龍雅竟然沒動作？不合理。

忌松寺龍雅，男，十八歲，為神官，職司祭祀、與亡靈冤魂溝通、除魅、監視滿中韓境內的奇士，時任關東軍情報部第三局長，鬼監兵的頭頭。忌松寺擅長防禦幻咒，不懂攻擊，需要殺的時候，只能借刀殺人。

話說忌松寺的耳目多到連蚯蚓挖洞挖到那裡都知道，每每重慶國民政府與大韓民國臨時政府的奇士一有動作，忌松寺會在第一時間告戒她，「未經我允許，禁止隨何道生軍修與韓七古起舞」。艾塵事件已發生兩星期，沒道理他沒來警告。

然而，不合理之處還真不少。

何道生軍修單槍匹馬撤退，這……何道生應該會向她求援，但卻沒有，理由何在？是怕忌松寺不准她去？這不可能，她若真想走，忌松寺根本攔不住；她會順從純粹是因為「日滿統治關係」。又或者，何道生擔心她會把艾塵據為己有，奉獻給溥儀？這也不可能，功利、偷盜、算計這種下流不存在於他們之間。又或者何道生擔憂若是找她協助，事後會遭到忌松寺刁難？這也不可能，忌松寺需要她做為借刀殺人的武力，為了維續這種關係，忌松寺向來只敢輕輕叮嚀嘮叨，不會咄咄逼人。表面上是她臣服於忌松寺，實際上是忌松寺仰望於她。沒道理何道生不向她求援？她推想，可能是何道生當下顧慮太多，最後決定不求援，要不然就是他的少爺性格又犯了，自恃他何道生軍修天大地大、神佛鬼靈見了都會禮讓七分，就要自行解決，結果失敗了，何道生大少爺不想被世人知道這份窘境，就默默不語。

但那個人怎麼沒來找她？也就是韓國獨立運動的精神領袖的稚子——韓七古。韓七古穿梭在韓國、滿洲國、上海、重慶之間，一直在尋找能夠強壯韓國的奇物、奇獸。韓七古認為滿洲國與大韓民國一樣，都受到日本壓迫，故所一直想拉攏她與溥儀結合為戰陣，讓日本知難而退，所以他有什麼情報，都會在第一時間告訴她，希望以「不藏私」的寬大胸襟融化滿帝與她心裡那份對於日本的卑奴。韓七古的心靈與天地山川石海相通，艾塵若能夠「一躍千里」，他馬上會知道，怎麼這次無聲無息？

忌松寺沒聲音、何道生沒聲音、韓七古沒聲音，相較於四天前的反應速度，顯得太不合理。

那日是星期五。

下午四時十五分，士兵蕭裕城在戰火廢墟搜尋同袍屍體的時候，「塵泥佛君刀」從地下浮現。刀呼喚著他，他失去自己。

四時二十分，蕭裕城用塵泥佛君刀把廢墟夷為平地，就連碎磚瓦都粉塵。

四時二十二分，韓七古透過大地土石確認這件事。

四時二十四分，韓七古用風沙通知公孫亞士他目前所知。滿洲國的風與沙出現不自然的韻動，引起忌松寺的注意。

四時二十五分，何道生透過諸生物與案發地點士兵的魂靈確認這件事。

四時二十六分，忌松寺經由屍鬼確認這件事。

四時三十三分，蕭裕城單槍匹馬攻進日軍陣地。

四時四十一分，國民黨軍隊與日軍達成默契，先合力消滅蕭裕城。國民黨軍隊從左側、日軍從右側圍成圓型，從三十二個方位以步槍、機關槍、火砲連合攻擊。

四時五十分，忌松寺要公孫亞士帶他去蕭裕城那裡。蕭裕城的雙眼雪白，毫無表情，不帶有任何情感地揮舞塵泥佛君刀，把來自三十二個方位的砲火削落成灰。

五時整，何道生軍修說服蔣介石讓他前去處理。

五時七分，韓七古抵達蕭裕城身邊。蕭裕城瞪著砲火乾涸的兩造軍隊，準備血染大地。

五時十分，蕭裕城朝左右各揮一刀，揮出一對與天齊高的狼與熊。牠們用強勁風旋割裂大地，若掃到風尾，必然瞬間十馬分屍，軍隊因此遠避。

五時十二分，公孫亞士、何道生軍修、忌松寺龍雅達成共識，不能讓溥儀、蔣介石、裕仁天皇擁有這把刀，刀在誰手上，世界就會只剩這位誰。韓七古無意採取武力行動，他想要先瞭解透澈實情，但是情勢急迫，此提議遭到否決。

星期六晚間十一時五十二分，自蕭裕城手中奪回塵泥佛君刀，韓七古將它插入地底萬里深埋。

晚間十一時五十三分，就地研討塵泥佛君刀究竟為何？忌松寺透過各方屍鬼獲得訊息。

那是義和團用來擊退八國聯軍的奇物。蓋當時公孫氏與何道生氏已被慈禧太后邊緣化，起因是她要「霓嶽無色」，他們拒絕。霓嶽無色首見於老子，簡稱返老還童。凡是立志永遠隔絕人間、獨自終老者，霓嶽無色自然降臨。霓嶽無色的咒法簡單，只要在左手臂畫一匹紅馬、左大腿畫五隻黑牛、右胸口畫三條青龍、右大腿畫三隻綠雞、頭頂畫一條黑魚、腹部畫兩隻紅龜、右手臂畫五隻黃虎、左胸口畫二頭白羊即可，但公孫氏與何道生氏拒絕透露，因為這是「道德幻咒」。假若擁有霓嶽無色的沒有隔絕人間，霓嶽無色會替那個人隔絕。家會滅、親友會亡、城會毀、國會殞沒成灰。當時慈禧找了願意給她霓嶽無色的奇士入宮為官，那人是「德噬公」，亦即義和團的幕後將軍，塵泥佛君刀即是他所打造。八國聯軍攻入時候，德噬公要取刀抗敵，卻發現不見了，他當下曉得，是霓嶽無色偷的。既然不是「人」偷的，自然就沒人知道刀的下落，也就無法得知為何今日此時又再現身。

話說一把小刀在小區域造成的動亂都能讓忌松寺與韓七古千里狂奔而去，沒道理艾塵這樣從南到北騁馳，卻是靜默無聲。

公孫亞士覺得事有蹊蹺，認為在去蒙古國捉人之前，還是就近問一下忌松寺比較妥當。在前往關東軍情報部第三局的途中，溥儀極為不悅地堵住她的去路，「妳還在這裡！」

「臣尚有事需要查訪。」她行禮。

「朕愛新覺羅列祖列宗在護守妳公孫氏之時，可曾像妳現在這般猶豫遲疑！」

「臣知罪。」

「知罪還不快去！」

「但這件事確實有其不尋常之處……」

「縱觀當今天下奇士，妳是魁首，忌松寺龍雅那個小廝、何道生軍修那個叛徒，妳哼口氣就能殺死他們，妳還有何顧忌！」

「臣知罪，臣會即刻啟程。」

「朕希望在明日黃昏之前就能得知我滿洲國可以龍躍於天、再次天下江山的消息！」

「臣必戮力而為。」

她目送皇上遠離之後，沒有動身前往蒙古國，依照原計劃去找忌松寺。因為真的太怪了，皇上用密文召喚她，卻又在大街斥責，未免矛盾。而且，怎麼會說出要她與何道生相互殘殺的語喻？

忌松寺龍雅的辦公室位於國務院正下方，公孫亞士還沒走到衛兵能夠看見她臉的距離，忌松寺已經通報她為訪客。

衛兵帶她到那扇「生人勿近、想死也勿近、死了更不可近」的隱藏正門。衛兵飛手推門、顫抖地推她進去、用力緊閉。地道很黑、很黑，縱使在墓棺裡也看不見這種黑。

遠方深處疾疾飛來一雙鬼火，飛迴在她左右替她點亮。

地道高寬二公尺，深度六公尺，有著濃濃濕氣，但不會滑腳。牆面布滿青苔，鬼火照亮之處，苔會綻放成向日葵，隨著光火擺動，然後凋零枯萎，化為泥水。忌松寺的辦公室在底部，那裡沒有挖寬挖深，仍然二米見方。

忌松寺以鐵鍊綁站於刑木樁。他穿著雪白長袍，從頭包覆到腳。黝黑長髮垂到胸前，整齊得像一張大符咒。他的脖子、腰際、雙手腕、雙腳踝都有死刑犯的鐵鑄刑具。他今年僅十六歲，但已老態龍鐘，不是他故意裝老，而是刑具重得讓他低額、彎背。

忌松寺說，「妳來（十七歲少女的聲音）……有什麼事（七十歲老翁的聲音）……」

「你知道『艾塵』嗎？」

「艾塵（三歲男嬰的聲音）……」

「你不知道？」

「聞所未聞（三十六歲女人的聲音）……」

替忌松寺說話的，是萬千飄流無依的魂靈，祂們一魂半句，傳達他的意思。

公孫亞士覺得奇怪，「情報部是否知道蔣介石拍了封密文給皇上？」

「（中年男聲）沒有此消息……」

「但是我有看見。蔣介石說，兩週前他們在雲南發現艾塵，他的血能讓重傷士兵恢復健康，蔣介石要捉他，軍修就從雲南追到中蒙邊境，沒捉到，他躲進蒙古。」

「（老婦聲）追了幾天……」

「十天。」

「（童聲）從雲南到蒙古……（少女聲）徒步嗎……（老翁聲）但為何在下未查覺何道生的動作……」

「根據密文所述，確實是一步步追的。」

「（少男聲）韓七古沒有問妳……」

「沒有。」

忌松寺想了想，「（童聲）這件事的可能性……（少男聲）我想有幾個……（老婦聲）第一是密文其實為滿洲皇帝所偽造……（中年女聲）第二是關東軍偽造密文拍給妳的主子……（中年男聲）第三是艾塵擁有隔絕我與韓七古感知的能力……（童聲）但是隔絕也未免不合理……（老翁聲）是隔絕多遠……（少女聲）三公分三公尺三公里……（中年女聲）這件事八成是偽造……（老婦聲）何道生軍修離妳這麼近……（少男聲）他不可能不找妳……」

「我不相信皇上與貴國會造假。」

「（童聲）我亦不信……」忌松寺走離刑木樁，「（老婦聲）去問何道生軍修就知實情如何……」

忌松寺像背後靈，緊隨著公孫亞士。在新京大街上，人們只看得見公孫亞士，並聽到鐵鍊拖地的聲音，還有一陣陣不知從何而來的少男、老婦、女人、男人的雜亂笑聲。沒有忌松寺，唯在黑裡與鬼裡才得見他。

臨去重慶之前，公孫亞士向溥儀辭行。她在門口等候宣達，但溥儀遲遲不接見。這一等，就是半天。天黑了，忌松寺現身，窗外的嚇昏，但窗內沒人嚇傻，溥儀的大堂不是滿洲國真正政權所在，根本沒人穿梭忙碌。

子時將盡，溥儀才開門宣見。

「皇上，微臣將啟程前往探查艾塵一事。」

「公孫氏，朕可曾虧待汝等一家？」

「皇上對我公孫氏之恩德，臣沒齒難忘。」

「朕三催四請，妳至今尚未動身。可是在日鬼之地享福太久，已將我大清拋諸腦後？」

「皇上恕罪，臣即刻動身。」

她退離廳堂，闔上門。溥儀立刻再開，已無人煙聲響。

三之一、追查—冥篇

凌晨三點，何道生軍修還在辦公室忙。他很煩躁，都幾點了，還要辦公，而且一晚沒東西吃，正值十七歲青春期，餓得很，但他忍住怒氣。他的靈魂裡有兩股難以相融的氣勢在拉扯，一是他身為何道生氏大少爺的嬌縱與狂妄，一是身為國民黨政府高級行政長官的內斂與保守。

他面前坐了兩人，一位是六十三歲的寡婦，她雙眼無神，臉色枯黃，衰瘦到全身都是皺紋，頭髮灰花雜亂。她的額頭與眉宇之間沉黑，好似戴了一條烏雲面罩，中國所謂之「印堂發黑」就是她這般。另一位是八歲男童，他斷了右腿與右手，全身灼傷，包滿紗布，紗布因為藥劑乾了，呈現深褐色的無助與喪亡。

何道生看著資料，婦人丈夫早逝，留下孤兒寡母，獨子官拜少將，膝下無子，本來要光宗耀祖，卻慘死沙場，埋屍在不知名的中國鄉野。她哀傷極深，無法獨活。男童是國民黨軍隊從戰場救回來的孤兒，來到重慶時候已經重傷，蔣介石原本有意治療，但因為傷勢過重，且已神智不清，若是繼續治療，經費過於龐大，對於戰爭中的政府而言是太沉重的負擔。經過何道生部門審核，決定讓他們進「冥土界」，垂掛在「食人樹」上，直到氣息斷絕。

食人樹，顧名思義就是會吃人的樹木，在夏商周朝時期橫行大陸，胡亂吃人。西周時候，天下奇士再也無法忍受，群起欲消滅，但這批奇士是爛奇士，與食人樹大戰百日，仍舊勢均力敵。史書記載，奇士為了不想再增加傷亡，就以交換條件讓食人樹長居於冥土界。奇士會挑選無意、無法、無能繼續活下去的人進冥土界，由食人樹吐樹汁包覆他們，讓他們沉睡，睡著邁向人生最後一刻，一斷氣，食人樹就能飽食，以此換取人間的和平安寧。數千年來，中央政府都有人負責維續這份約定，而今的審核者是何道生軍修。

何道生說，「報上你們的姓名、出生年月日與出生地。」兩人像枯枝，就連蜘蛛都已看透他們無意再活，不願意結網於斯。

何道生打開冥土界，「那顆樹，就是你們的最後歸宿。」他倆沒看。

冥土界是永恒的金光日晝，吹揚著溫暖煦風，柔而輕嫩的翠草布滿界土，清新香氛迴繞不息，是一片隱世淨土。

食人樹有五十人高、五十人粗壯。樹皮血紅色，比少女皮膚更光滑，比皮革更堅韌，比寶石更閃耀。樹葉黃金色，片片柔軟。一根根樹枝垂掛著白色的核，裡面是等待死神召喚的垂喪之人。若不說那是食人樹，遠遠地看與上海沙龍裡的水晶燈無有二異。

韓七古從冥土界門前跳出，「軍修，又開門囉？」

何道生甩著眼神側看，「我在辦公……還有，我與你不甚熟稔……」

「我長你兩歲，尊重一點。」韓七古拉來椅子，坐他旁邊，拿起資料就看，「原來又是這樣的人……戰亂啊……」

「這位仁兄……」何道生才開口，又有人出現在冥土界門口，是公孫亞士與忌松寺龍雅，以及那三箱百萬幣鈔。

韓七古問了金錢來源之後，直接取過兩箱，一箱給婦人，要她去上海重新來過，人生總有希望，別這麼早放棄，另一箱給何道生，要他轉交給軍醫，當成孩子的醫療專費，倘若不夠，他會想辦法再拿來。

對於婦人，何道生沒意見，但是孩童，他不能放行。公家機關做事必須合乎法律規定，從天而降一筆巨款，如何向審計部門交代來源？

韓七古與何道生熱血爭論，各有立場。韓七古認為：

第一，中國政府與食人樹的契約違背天地道德，人之生死各有所依，沒有人能在他人斷氣之前就論斷生死；

第二，人非神，人殊能知道將來命運如何，縱使經過層層行政審理，人仍是人，不可論斷他人的最終歸宿；

第三，雖然戰爭令人心寒，但還有很多人咬牙撐著，不放棄明天，何以何道生卻妄為斷絕了這種信念？

何道生一一反駁：

第一，男孩的醫藥費不能來源不合法；

第二，政府做事要合法，種種「例外」必須經過議會認可才行，不能由行政官員自行決定；

第三，公孫亞士這筆幣鈔來自滿洲，身為中國政府官員，必須拒絕；

第四，韓七古是韓國人，不可干涉中國行政官員的作為；

第五，韓七古、公孫亞士、忌松寺龍雅不是中國政府官員，不可於辦公時間未經過通報與核可就進入首長辦公室；

第六，與食人樹的約定是千年契約，中國人重視誠信，千年未變的合同，就是不能變。

忌松寺站在婦人與孩童中間看著資料，他很疑惑，是否寫錯了？他再仔細看，上面確實寫了婦人是亡夫喪子，孩童的父母、祖父母、外祖父母、兩位哥哥、一位妹妹已死於砲擊，所有資料經過蔣介石政府的行政官員蓋章審核、確認無誤。但他看了又看、看了再看，這附近，沒有魂靈認識這兩個人。怪哉、怪哉，十一位亡者難道全部得到神恩祝佑？全都升天當神？

老婦與孩童站起來……斷手斷腳、全身灼傷的孩童俐落起身，這個景象讓現場瞬間安靜。

何道生一瞪，那兩人像飢餓到發狂的狼，手腳併用，躍過桌子，用雷電擊山的速度先搶了一些幣鈔，然後飆進冥土界。何道生、韓七古、公孫亞士一回頭，冥土界已經關閉。

忌松寺望著公孫亞士，不明白她怎麼沒看出偽裝？

何道生抽出軍刀，刀色純黑，上面刻著遠古時代的文字。他插進冥土界，界門微微被切開。他背後化出九個自己分身，均拔刀插入細縫。十把軍刃、十倍力量，試圖切開，但門像被厚厚鋼片釘封，怎麼樣也開不了。

何道生勃然大怒，「竟敢在太歲頭上動土！」怒氣再怎麼狂暴，開不了就是開不了。

公孫亞士移身到他的正後方，落下一雙淚，她以雙手中指尖接住，甩向左右，淚珠幻化為八位妖嬈的裸豔秀女，她們輕握刀柄，再次化成淚，沿著軍刀泉湧灌進。門被沖開。冥土界依然光華怡人，但食人樹不見了。一顆顆樹核灑在地上，已從雪白變成血紅。

老婦與孩童或奔或躍到另一端，老婦在空中寫著遠古時代的象形文字。秀女們似宮廷樂舞歌伶，輕吟靠近。男童跳過來阻擋。秀女們用尖銳如針的髮包覆他，用那比烈火更炙熱的手撫摸他，用那連蛇都會畏懼的蠱毒血唇吻他。他像仲夏晨間的山霧，來不及讓世人看見幽幽美麗，已被陽光蒸散。

有個沉重的鐵罐落下。

與此同時，老婦開了冥土界門。她回頭，看到鐵罐落在鬼女之間，她滾過去取回；身手真俐落，不像六十花甲，而似樓上的長江一號。老婦一靠近，秀女像貪婪酷吏見到財寶，搶著、奪著，她被撕成煙屑。在她碎塵之前，丟了兩鐵罐與一把幣鈔出去。門關上。

看到門外有接應，忌松寺與韓七古衝去追擊。公孫亞士與何道生大為訝異，趕緊兵分二路追回他們。但一踏進冥土界，雙雙深陷於紅色泥淖。只不過兩眨眼時間，已經吞噬到膝蓋。他們想跳，但跳不開。何道生試圖用軍刀劃破，但刀被泥捉住。

忌松寺說，「（老翁聲）這是食人樹的冤魂……（少女聲）過去千年有人利用它做為鬥爭工具……（老婦聲）枉死在樹上的解脫了……（童聲）塵封千年的怨恨要用我們的生命做為祭品……」泥已經吞到他們腹部，「（中年男聲）何道生軍修……（童聲）不是你的祖宗要你遵守周朝時候與食人樹立下的約定……（少女聲）而是他們知道這株樹不能砍……（老婦聲）一砍就會釋放冤魂……（少男聲）冤念會聚成血泥……（童聲）不知情的過來了……（中年女聲）無妄之災啊……」泥已經吞到他們肩膀。

「全部看我！」韓七古大喊，「對我的雙眼立下誓約，願意在這一刻把性命交託於我手！」

他們凝視，無有懷疑地將自己信託予他。

日月之光從韓七古雙眼衝出，神亮得讓公孫亞士、何道生、忌松寺閉眼。

一陣壓迫湧來，被扭曲著，被擠擰著，輕鬆了……他們睜眼，已經回到何道生的辦公室。

屍泥滾滾湧起成人形，千年冤枉想要找回他們當初的俊美肉身，個個像抽大煙抽到發狂的行屍走肉，嗑嗑嗑笑著，就要跨出界。

何道生以短刀在冥土界門前刻劃封門幻咒。門關了，但隨即又被冤魂扯開。

忌松寺拖著鐵鍊腳鐐站到最前面，「（童聲）古有名訓……（老婦聲）人界人管……（少男聲）鬼界鬼管……」他雙手合十，手銬裡湧出櫻花紛飛的鬼火百燭。鬼火圍在他身後成圓，好似不動明王的怒火。他默念幻咒，「（少女聲）觀天地正邪仰信無垠明如智德大正光宇成府華霞……」他敲動手銬，鬼火幻化成幕府武士將軍，騎著駿馬，高雅內斂、勇猛無懼地瞥視冥土界裡的冤枉。忌松寺向諸位古戰魂行皇室跪禮，然後指向門。祂們拉高馬蹄，嘶吼衝鋒。英勇的怒吼與憤仇的哀怨交纏，最後一位將士衝入之後，門緊閉。

何道生沉思著，「是誰……為什麼亞士沒有看出來……」他望著她，「只有妳的雙眼能夠分辨，但為什麼他們躲過了……」

韓七古說，「我提議先盥洗，休息一下，冷靜一會兒，讓思緒沉澱之後，再好好思索整件事。」

「（少女聲）我舉雙手贊成……（童聲）在下生平未曾穢垢如此……（少男聲）有辱我忌松寺聲譽……」

何道生不悅地說，「這裡是重慶，夜間管制。」

韓七古說，「我是指去上海，那裡有錢好辦事。」沒人反對。他望著他們，雙眼散發日月霞光。亙古大地是他的移動媒介，他一下就穿離重慶抵達上海，現身在戲子富豪流連忘返的沙龍。老闆乍見忌松寺，稍微驚恐，不過這男人什麼都見過，見怪不怪。付了錢，他們前往頂樓，暫時脫離戰火，享受半天的人間悠然。

正午時分，他們吃著西餐奢華。由於忌松寺在，韓七古讓服務生把菜一次送齊，就要他們閉門離開。

「（老翁聲）是嗎……」

何道生問，「說啥？」

「（童聲）呵呵呵……（少女聲）呵呵呵……」

何道生擺出官樣，挑著眉毛、斜眼瞥視，「問話又不答，顧自傻笑，必然有事。或者你的腦子跟你的身體一樣，空空泛泛的，空無一物呢？」

「（老婦聲）中國人竟然不知中國史事……（少男聲）在下能夠不譏笑某位自稱學富五車的公子嗎……」

「那真是抱歉，我與亞士生於戰亂時代，不像您是天皇神官，家學淵源深厚，再加上『國內祥和無戰事』而能夠獲得完整教育，是故得以通曉天地八方古史。」

忌松寺的唇舌沒那麼強，拒絕再戰。他說，「（中年男聲）有人告訴我啊……（童聲）嘻嘻嘻……（少男聲）本草綱目有一章禁忌……（老婦聲）裡面寫道食人樹血汁性屬純陽……（老翁聲）主治屍亡……（童聲）服用血汁一碗皮膚將厚如青銅……（少女聲）若一日一碗連服七日……（童聲）可得長生不死之效……（老翁聲）雷擊不破火焚不傷……（童聲）還有六日……」

「不對。」公孫亞士決定把食人樹與冥土界的關係、以及食人樹血汁的究竟說清楚。

她望著何道生，他反對，但她不管，有人明目張膽屠殺食人樹，擺明就是針對他們。正所謂知己知彼，講清楚才能避免遭到算計。

冥土界猶似海，是霓嶽無色的海，要有霓嶽無色的超脫心靈才能在冥土界存活。冥土界又似天，是逝者的天，得要放棄生命亦或是沒有生命才能在冥土界遊蕩。沒有鰓的獅，那怕牠在陸地是王，入了大海，一瞬間就隕落。彈躍入天的鯨，那怕牠是海洋霸主，沒有翅膀就無法隨月光翱翔。沒有霓嶽無色、又非逝者，那怕是天子皇帝、那怕是天下第一奇士，進入冥土界，瞬間會遭吞沒，想要多活一點只能以幻咒護身，延遲冥土界的吞噬速度，但也撐不了多久，這就是為何她與何道生沒有踏入追擊的原因。

至於食人樹，其實它已經霓嶽無色。夏商周時候，它不停戰鬥，早上刀光劍影、你死我活，午後餓了，奇士不准它捉人進食，為了搶人肉，只能再度戰鬥。這樣子了好久，食人樹不願意活得毫無尊嚴，不想再當個被世人厭惡的穢物，它放棄所有，決定離開紅塵，只想找個地方簡單活著。心念一轉，它得到霓嶽無色，於是隱遁至冥土界。

並不是周朝奇士與它以將逝之人做為交換條件要它離開，那其實是奇士向它祈求，既然霓嶽無色，盍不普渡眾生？奇士希望它大發慈悲，用它的樹汁幻咒，讓那些痛苦垂死的人少點苦痛。當時的皇帝認為向那樣的樹乞求實在難堪，掛不住面子啊，就竄改史實。試想啊，無意再活的人必然重病或是狂癲，肉味乾澀苦楚，食人樹怎麼會想吃？而且（這又是另一個玄妙），霓嶽無色不只是返老還童，還會茹素。

食人樹血汁不只如《本草綱目》所記載，能夠長生不死、不焚不傷，喝下血汁者，將會擁有曾所遭到吞噬之人的記憶情懷與「能力」。飲下血汁的第一瞬間，心裡會充滿百萬人的情懷、身體會擁有百萬人生前擁有的能力。只要是人，就算是奇士，心靈與身體都承受不了這種融和，故而飲血汁等於玩火自焚。此外，由於食人樹根已深入冥土界，飲下血汁的人也會成為冥土界的一份子，也會擁有食人樹的霓嶽無色。若沒有隔絕人間，下場將與太后一樣。然而，欲飲血汁者，必然想要攻城掠地，但卻被迫霓嶽無色，那吞飲血汁的意義何在？

但是，有誰去砍了，也拿了血汁。

三之二、追查－俑篇

這夜的聚會地點改在墳場，理由簡單，上海來來往往的士紳淑女、華貴奢豪、將相王侯比繁星更多。太早了，街上人多，不適宜讓忌松寺現身。

熒熒鬼火圍繞，彼此連臉都看不太清楚。

公孫亞士總結了幾項事情：

「有多少的機率，一次有兩個我看不出來的不知道是什麼的，同時出現在軍修面前？而他們也知道現今天下握有冥土界鑰匙的是他？又知道冥土界的開門幻咒？又砍了食人樹？而外面剛好有人接應？還拿了錢？」

零。

「有多少的機率，食人樹數千年沒人砍伐，卻在現在倒下？」

零。

「有多少的機率，塵泥佛君刀在八國聯軍的時候消失，清廷倒下的時候沒出現，袁世凱時代中國動亂也沒出現，日軍入侵中國的第一年、第二年、第三年沒出現，卻選在現在浮現？而且四天之後，食人樹就倒下？」

零。

「有多少的機率，這些事情不是自然發生，而是人為操控？」

不低。

公孫亞士說，「前方似乎有個陷阱在等待我們，只要一踏進去，必死無疑……我們採合議制，想去的翻出你的手掌，不想去的翻出你的手背……」她一聲令下，全部伸出手掌。

她提醒，「種種跡象看來，大柢是人為。這個人相當強猛，能找到塵泥佛君刀、能躲過我的雙眼、能夠知道軍修與食人樹之間的祕密……」她思索一會兒，認為這個現象也應該考量，「而且次次都能將我們聚在一起……幕後黑手可不簡單，這一役，不是你死就是我亡。」仍然沒人翻成手背。

公孫亞士認為要追出是誰在操控並不難，回溯即可。她主張先從砍了食人樹的兩人追查起。

無異議通過。

忌松寺記得資料上寫的故鄉舊址，一在河南，一在湖北。韓七古不知道那是何處，無法帶領過去。公孫亞士知道地理位置，但從未聽聞住址，也難以帶領穿越（只要指點地圖，她便可以到達該處，但她的地圖上沒有寫述老婦與孩童的所在，無法瞬移）。何道生可以，他拿出指南針，找到河南的方向之後，他的雙眼變成雪色。眼，串連起這方位上所有生物與人的雙眸，他看見了門牌。他要忌松寺用鐵鍊將四人的腰纏緊，他拉一拉，確定不會鬆開，「走了。」何道生以這條路上的生物與人的魂靈做為移動媒介，瞬間抵達老婦家門口。那被當成傳遞單位的生命只感覺到一陣厚厚的、濃濃的煙霧壓在頭上，想要找尋是什麼的時候，已然消散。

老婦家是長方型的磚瓦房，是平常人家，門口掛著白色燈籠，裡面有人剛逝。以屋為中心望過去，月光所及之處只有廢墟；這裡的戰火剛滅。

遍地廢瓦，斯者卻獨獨佇立無損，必然有詭。公孫亞士走到後門，笑了。她吹口哨要他們過來，大家一看，不約而同驚呼，「哇！故意的！」前門在河南，是老婦家，後門竟在湖北，是孩童家。這側門上也掛了白色燈籠。

可以理解何以何道生的奇士屬下沒發現詭異，一個河南、一個湖北，住址不同，乍看根本沒有異常。負責調查的又是不同的奇士，一個到前門看了，「查證屬實」，一個到後門看了，也是「查證屬實」。兩份資料混雜在厚重文件裡，再怎麼核對，也不會發現是同一屋的前後門……另一個原因也不無可能，就是根本沒有所謂的調查，這兩份身分資料是憑空出現在何道生桌上。可能性有多少？不低。

公孫亞士問，「有多少機率能夠找到一棟橫跨兩省的屋，又剛好都死人？」

零。

忌松寺召喚他的盾，一位位穿著染血和服、戴著深黑能劇面具的冤死花魁排成月弧形於他面前。「（童聲）踹開門……」枉死花魁哭嘯著斷氣當時的聲啞，瘋狂踢門。

屋內沒有隔間，也沒有裝飾，僅有一根紅色蠟燭在燒。四周被戰火薰得黯淡，微微燭火顯得特別明亮。

屋宅中間是一條貫通前後雙門的直道，正中間是兩具壽棺。

「（老婦聲）開棺……」

花魁推翻棺，棺門一開，裡面空無一物。

這時候，韓七古感知到大地有不尋常震動，越來越近、越來越近、越來越近……他正要開口提醒，已經到了。

長屋雙門被吹開，四位穿著黑色、看不出是那國歸屬、看不出軍種軍服的男子騎著深黃色駿馬，拿著紫色軍刀，戴著防毒面具，兩兩一隊，分別從前後門衝入。

忌松寺無有戰鬥力，他讓花魁捲住他，暫時成為陰風，襲吹過雙馬八蹄之間，先躲出去。

四對四，意思明顯。其中一匹立刻調頭追擊。

忌松寺一站穩，立刻築起防禦陣式。數百年來的冤死花魁，層層疊疊成為月弧彎牆。黑騎軍揮斬花魁，忌松寺頌讀幻咒，「（中年女聲）德光大明成法……」花魁變成虛空幻影，黑騎軍砍的是空氣。既然是空氣，那就要衝了，但忌松寺再頌幻咒，花魁恢復實體，聚成為花海，一波波洶湧推遠黑騎軍。又有了形體，當然要砍，忌松寺再使花魁虛無，沒得砍……虛空時候無法砍，實體時候又被推得遙遠，忌松寺精準掌握黑騎軍舉刀收刀的毫秒瞬間，虛虛實實，讓黑騎軍離他越來越遠。此時忌松寺召喚百位穿著莊嚴和服、持舉精緻樂器的幕府樂師，樂師以扇型陣式盤腿坐他身後。樂師昂起面容準備吹奏。月光灑落過來，朦朧看見他們的鼻型，但沒有五官，他們臉上覆蓋了濃郁黑氣。他們演奏古樂，但不是全章吹頌。前奏一出，忌松寺看黑騎軍反應依舊，曉得「錯了」，立刻換樂章。蓋無論生靈亦或死魂，都能被催眠，只要找到催眠頻率就能使之成為自己的奴，忌松寺的樂章就是在尋找。

在另一側，公孫亞士、何道生軍修、韓七古立刻躍離鬼屋，他們各自找位置，決定一對一單挑。

他們像子彈，瞬間飛到數公里之外。軍馬嘶吼幾嘯，踏出閻王討命的馬蹄聲，達達、達達……公孫亞士剛站穩，馬與刀已追抵。

「來者不善。」

韓七古伸手進土裡，從他在重慶的祕密軍火庫拔出一百把步槍與子彈。他把后土塑成雙百掌背在背上，一掌持槍，另一掌抽換彈匣，他像持握法器的千手觀音。他亦有佛家慈悲，明明該是猛獅，明明敵人瞥看一眼就該懾嚇，但沒有，槍沒上膛，就連槍口也向後。他不是主戰派，今日若有毒蛇緊咬他，他不殺蛇，他會綁住傷口不讓毒液流至全身。他等待，會等到蛇鬆口。倘若這蛇短命，他會先埋葬再治療。

何道生優雅從容地揮舞軍刀，「刀光劍影」之刀光正是他。輕輕一揮，刀影全成為影刀。影是影，沒有實體，屬於幻象，但刀可真的是刀，能殺得血肉模糊。何道生的眼球一片黝黑，凡是映入這片黑的影刀都會有一個他之影子握持。敵軍以為他呆立，殊不知在他眼裡，已經有千萬個他準備應戰。

戰法曰道，與騎兵對戰，必先斬馬。何道生踏著地底的蟲之靈，率領他的千軍萬馬衝向屬他的黑騎軍。

他指向馬，數百個只有他看得見的化身瞬間碎馬。黑騎軍跌落，但沒有哀號悲怨，反而笑了。笑聲隔著防毒面具，聽來更惡醜。何道生才想問他所笑何事，但沒這機會，馬一死，從牠身體噴出來的不是血，是黃色毒氣。何道生立刻摀嘴，但毒氣變成馬，一躍而上籠罩他，從他的毛細孔竄入體內，他身體發黑當場昏迷。黑騎兵跳上毒氣馬，氣宇宣揚地高舉軍刀瞄準何道生的心臟……

公孫亞士與韓七古見狀，略是不滿地暗暗自語：「又來了，每次都這樣……就只會衝，一直衝……上次是運氣好，沒衝出問題，竟然不反省，還說沒事是因為自己太強，強到連死神都不敢靠近……多想一下再動手不行嗎？還敢自傲地說自己聰慧如神，四書五經都能倒著背……」

韓七古把步槍放回重慶。他用密實鋼土包住何道生，以免毒氣竄出，毒害其餘。他踏著土道過去，把何道生拉回到忌松寺的花魁鬼盾之後。忌松寺吹口氣，氣成幽魂，飛著、飛著，滲入厚土，飛進何道生的唇間與命運，封印他的死期。

公孫亞士說，「用毒，下流中的下流。」她握拳，打算一擊滅掉所有，但是被忌松寺制止。忌松寺說，「（老婦聲）我的這隻是我的……（童聲）不准動……」她愛理不理地給他十秒，時限一到，倘若無法催眠，就要一併清除。

「十、九、八、七……」忌松寺還沒找到催眠的樂章，他一急，召喚出三十倍數的古樂師，把整片大地變成冥府樂堂，一次演奏三十章樂曲。「三、二……」歸屬於忌松寺的黑騎軍不動了。「（少女聲）可以了……（中年男聲）那三個妳愛怎麼殺就怎麼殺……」他不會去催眠別的，因為此者的催眠幻咒可能是彼者的解藥。

公孫亞士告訴韓七古，「我會逼他們下馬，一下來，立刻用土封馬，不能讓毒氣散出來！」韓七古還沒有應答，她就衝了。她從花魁障幕中間躍出，在月光下灑出毒蜂、蜈蚣、毒蛇、蠍子等蠱毒。牠們這片彩色黑沙隨著月光韻律，湧向敵獸。黑騎軍跳離開馬，打算殺滅蠱蟲。

「捉馬！」但韓七古毫無動靜，他看到那兩匹未變成毒氣的馬被蠱蟲嚇得驚慌失措，他說，「牠們會怕，不是魔啊……」他起了憐憫之心。公孫亞士忍不住臭罵，「我操！韓七古！」他只是從地底伸出一雙岩漿巨手，那是億兆年的炙灼，能夠焚燒世間所有一切。他只想恫嚇黑騎軍與毒馬，逼其知難而退。但敵軍沒在怕，反而跳上狂馬，以精良馬術重新駕馭，並矇住馬兒的眼，使其鎮定。黑騎軍在蠱蟲之間跳躍，不將牠們看在眼裡，也不攻擊防禦，挑釁意味十足。

「韓七古，你又……」

「趕盡殺絕不是我的信仰。」

此際，忌松寺在後端盤問他的新奴隸，「（少女聲）誰派你們來的……」

「是……」名字就要出口瞬間，所有黑騎軍與毒馬被莫名力量抽拉捲曲成細針。捲到極限就是爆炸。黑騎軍化為細沙，真正的塵歸塵、土歸土。

「病障壇會信符！」公孫亞士說。

「那是什麼？」韓七古問；但他會心一笑，多等待一會兒，必然會有異想不到的結果，又再一次了兵不血刃。

忌松寺問諸鬼魂什麼是病障壇會信符，想不到問不到。他全然不解，怎麼會無鬼知曉？

公孫亞士說，「病障壇會信符是種『誓信』，接受信符者向施予信符者誓約，絕對不做某事，或是不說某字詞，只要違背誓言就會煙消雲散。可是，在一千四百年前，我的祖先已經消滅它的咒法，當今天下不可能有人知道怎麼立約……除非是喝了食人樹血汁，但這個可能性有多少……」無法回答。

忌松寺另有直覺，「（少男聲）或許那人與我一樣問得到……」

公孫亞士反駁，「只有一千四百年前的奇士知道。死了這麼久還沒升天輪迴，也未免神奇。」

「（老婦聲）既不是問的……（童聲）也不大可能是經由食人樹血汁曉得……（中年男聲）那就是締約者至少有一千四百歲……（少女聲）知道怎麼做……」

「可能性有多少？」

韓七古從歷史以及父母兄弟朋友和自己的經驗，相互交乘一算，「趨近於零，是理論上的存在，實際上的不存在……」

「你又知道這個世界上沒有一千四百歲的人？」說話的是何道生，他已經恢復，眼裡又充滿神采飛揚的少爺傲氣。

韓七古問他，「你在那裡治療？你不是一天到晚嫌你的部屬的醫術落伍？他們有辦法治療劇毒？」

何道生狐疑，「不是你幫我治好的嗎？」

「整個亞洲最懂毒的就是關東軍，只有忌松寺會解。」

「（少男聲）不是我……」

公孫亞士拄頭沉思，何以何道生無人醫治就康復？原因只得三個，一是黑騎軍消失之後，毒也消失，但這不合理，幻咒並不會隨著奇士之死而消散，與蠱蟲同理，豈有殺死蠍子，體內蠍毒便隨之而逝的道理？難道是有誰在剛才躲過了他們眼界，偷偷替何道生治療？但這個的可能性太低，忌松寺的耳目比沙土還多，必然看得見。最後一個可能性便是，這毒，本來就不是要來毒傷的，純粹是警示，猶如飲了髒水，只會腹洩數日，不會永久折磨。

她最厭惡這種飄著濃濃城府算計的事，直來直往、光明正大不是很好？何以處處暗算？不煩嗎？

她看到傾倒棺木，一怒之下，遷怒於斯，踹碎了。何道生、忌松寺、韓七古不敢靠近，也不敢說任何安慰的話，盛怒中的公孫亞士比閻王更恐怖。

棺材碎裂之後，夾層裡的東西掉出來，是兩個奇怪的碎俑塊。它們體形對稱，併起來恰好是個太極圖。半個手掌大，是泥塑的，但這泥非常不同，很硬，硬得像鐵，並且充滿光澤，閃亮得像寶石。俑上有雕紋，雕得非常細緻，全是弧線，有深有淺。

何道生一看，「我知道這是什麼，跟我來。」他踏著沿途生物的魂靈，帶他們到中國與蒙古國邊境。

何道生踢開「偽裝布（軍品用語，用於遮蔽物品，使其外觀與周圍環境一樣，達到隱藏效果。但他用的不是布，而是『達斯特拉賴索果業』，一種貪財的犬奴，只要有錢，什麼髒事，達斯特拉賴索果業都願意做）」。底下有另一個俑，從樣式看來，這是中心，公孫亞士找到的是兩翼。

他們東看看、西看看，看不出是什麼，突然間，俑塊吸附結合，泥殼碎裂，飛出一隻四個手掌大的動物。牠的頭與身體是兔子，毛略長，是粉紅色的，有兩對華麗的鸚鵡翅膀。牠停在公孫亞士肩上。牠很輕，毛髮很柔。很乖巧，也會撒嬌，像個純潔稚童。

「（童聲）那是什麼……（少女聲）會飛的兔子……（老翁聲）或是長得像兔子的鳥……」又一個忌松寺問不到的奇異。可能性有多少？幾乎是零，是理論上的存在，實際上的不可能。

何道生說，「牠是什麼並不重要，重要的是，牠被藏在夾層。我們會拆棺嗎？不會，像塵泥佛君刀那天，我連蕭裕城都沒理會……我們不會清理戰場，我們不會事後再次調查，但卻藏在那裡，就表示……」

「有人比我們更瞭解我們。」公孫亞士心忖，這個世界上還有誰比她們自己更瞭解自己？

四、迷喪

在蒙古國與中國邊界，有一道沒人看得見、摸得到、高而鐵厚的牆。

草原的風襲來了，忌松寺的白袍飄過界線，立刻退後一大步，還叫他的鬼奴站到他身後，萬萬不可越界。

公孫亞士的髮略略飛過，也嚇得後退一大步，退得比忌松寺更遠。韓七古與何道生更往後站。忌松寺不想靠得這麼近，再往後退到何道生身後。

雖然四人年紀相加不到七十歲，但有著耆老思維。蓋蒙古國有「阿南羅索比格道松」，俄國有「伊萬諾西亞芙蓮娜」，若他們發現中、日、韓、滿的情報部軍頭同時跨界，會怎麼想？縱使他們不疑有他，但兩國領袖知道之後，豈會認為四位奇士只是「恰好」一起外出踏青？「恰好」一起越界？南方中國已然戰火蔓延，情勢緊繃，國境之上的一點點小事都會成為星火，會燎原的。

「何道生軍修，又見面了……」阿南羅索比格道松站駕在膚色比雲更白淨、步伐比雲更輕柔、但眼神比烏雲更凶狠的戰馬上，佇立在邊界與他們對望。

阿南羅索比格道松仍如以往，還是不曉得究竟是男或女？情報官的基本技能——從臉與手腳勾勒此人生平的技術，在阿南羅索比格道松身上無用。他的頭、頸、四肢是狼，身軀覆蓋沉厚金色戰甲，根本看不見肉體，只能從身形與聲音判斷，大柢是男性。

阿南羅索比格道松問何道生，「最近來邊界兩次，想幹嘛？」

公孫亞士問何道生，「所以你是真的追艾塵追到這裡？」

何道生微慍，「我才覺得奇怪，我從雲南一路追到蒙古，你們竟然全都沒來！」他瞥向阿南羅索比格道松，「艾塵在蒙古，人呢？你該不會藏起來了？」

「我跟芙蓮娜清查蒙俄，沒有符合你所描述的奇士……」他睥睨瞪著質疑何道生，「『艾塵』，該不會是你杜撰的？其實真正目的是想趁著戰火，一舉進攻蒙古？擴大中國版圖？」

公孫亞士、韓七古、忌松寺一聽，不覺得無此可能。

他們望向何道生，也是疑惑：真的有艾塵？或這是重慶政府的陰謀？蓋何道生是忠心忠誠盡責的官吏，蔣介石要他做的事，他不會反抗，縱使那任務是要消滅公孫亞士，只要蔣氏下令，他會奔死完成。

何道生無法忍受遭到質疑，他可是何道生氏的大少爺，在重慶是排行第四的大軍頭，豈容遭受這般懷疑？他把追逐艾塵的過程再說一次，以表清白。

星期二下午一點整，陸軍副司令告訴他，雲南軍隊回報，那裡有位少年擁有治癒的幻咒。一點三十分，何道生整裝帶隊，共十人抵達雲南。他看見艾塵，是位孩童。其擁有純潔靈魂，雙眼寫著悲天憫人的憐惜。

一點三十三分，他預備詢問艾塵是否就是副司令所稱之擁有治癒力量的奇士？

一點三十三分，艾塵開始逃。

晚間九點，抵達貴州；十人隊伍剩八人追緝。

星期三中午十二點，抵達湖南；十人隊伍剩四人追緝。

星期五中午十二點，抵達湖北；十人隊伍剩何道生一人追緝。

星期六中午十二點，抵達陝西。

星期日中午十二點，抵達寧夏。

星期三中午十二點，抵達蒙古省。

星期四中午十二點，艾塵跨過蒙古省與蒙古國邊界，並在邊境線上丟下俑。俑的一半在蒙古國境內，他因此不敢觸碰，就叫達斯特拉賴索果業來掩覆。

中午十二點一分，阿南羅索比格道松詢問他何以至兩國交界。

「跟上次說的一樣！難道真的有艾塵！」阿南羅索比格道松頗為訝異，因為何道生是這個世界上最不知道怎麼說謊的少爺。

何道生指著那隻像兔子又不是兔子的生物說，「牠就是那個俑變成的……不過，並不是我伸手進入貴國將之拿取過來，是牠自己滑進來中國，亞士她們可以作證。」

「等會兒……」公孫亞士說，「你怎麼可能追不到艾塵？你可以跳上他的靈魂……」

「不行。」何道生皺眉不解，「我一靠近就會被彈開，好像我跟他是相剋相斥的，因此呢，我跳不上他的靈魂。」他指向兔子，「牠也一樣，我探查不到牠的。」

「（少女聲）牠是活的……」

真活非死又無靈魂，加諸靠近便被彈開，可能性有多少？約是一。

公孫亞士再問，「你的部屬也會被彈開嗎？」

「除了我之外，根本沒人追得到，怎麼彈？」

何道生竟然成為重慶政府情報部裡唯一腳程快的奇士，可能性有多少？零。

有陣風沙襲來，有位小孩走出沙幕，何道生一眼就認出來，「艾塵！」他一喊，其餘四人皺了眉頭，怎麼艾塵像是超越了存在與不存在、超越了生與死，成為了沒辦法被感知的？

艾塵穿著蒙古服飾，紅色底的長袍，上面繡有金、銀、藍、綠、黃的幾何圖形。

艾塵勾勾手，那隻兔子飛到他懷中，彼此依偎。那種親昵不像主人與寵物，而是家人手足的血緣牽繫。

「哈啐達，我們終於見面了。」艾塵說。他的聲音也是孩子，細細柔柔，軟綿無力。忌松寺趕緊詢問他身邊的眾魂靈，哈啐達是啥？結果如他所想，無屍者知曉。

艾塵開口哼唱，唱的不是歌謠，不是詩樂演奏，是毫無章法的吟唱。

在歌聲裡，哈哞達變成玫瑰豔色的巨鷹，站在艾塵後方。那大與小的對比，讓艾塵像是被捕獲的獵物。

哈哞達張大嘴，有一股強烈的雲色漩渦流入牠體內。看渦流造成的螺旋風場，強到可以吸入整個蒙古國，但是空間沒有一絲擾動，就連艾塵前方的嫩草都沒被扯動。

公孫亞士心裡湧起一份思維：滿洲的未來會如何？會否淪為裕仁的臣奴？自己擁有這麼強的力量，但是能為滿洲做什麼？什麼都不行，只能眼睜睜看皇上走向滅亡……同樣的擔愁也在阿南羅索比格道松、何道生、忌松寺、韓七古心裡湧起。這是非常強烈的擔憂，讓他們全都不由自主緊張顫抖。無能為力的無助讓他們腿軟了、手軟了、腰軟了，未知的命運比死神更駭人……

「不！」公孫亞士怒吼。拒絕亡國、拒絕失去國家、拒絕成為大時代裡的無助者，這聲嘶吼釋放了「靈業禁咒（亦即以命一搏的終極幻咒）」。

公孫亞士召喚了漫天鳳凰，她盤腿靜坐在其中一隻。天空被她的大軍染成火紅，若下令攻擊，西伯利亞的寒冬會瞬間酷暑，火海會持續燃燒至整片大陸成為焦土。

阿南羅索比格道松與他的馬結合為一，身體是馬、頭爪是灰狼、頭上多了一對雄偉鹿角。在神話建構的無窮無盡天界裡，狼首、馬身、鹿角的他是英勇戰駒，但是蒙古、中國、滿洲、俄國沒有那麼寬闊的神話空間，他卻依舊那樣神話英勇，一旦他奔馳，後果如何可想而知，那好比用巨炮轟炸蟻窩，不對稱力量的結果只有全面滅亡。

何道生與忌松寺的體型放大百倍，何道生的軍刀也大了百倍，忌松寺的鬼牆亦然，這樣的他們是最強悍的刀與盾。全世界所有軍火炸不破忌松寺的鬼牆，沒有任何一輛坦克擋得住何道生的軍刀化身。傳聞遠古時候，世界曾毀於巨人手裡，那巨人，正是此際的何道生與忌松寺。

韓七古以自己為核心，用大地土石塑成「類千手千眼觀音像」。他沒有火焰、沒有幻影分身、沒有奇獸，他只是讓其餘四人知道，他就是大地、大地就是他，只要踏到這片土地一公分、一秒鐘，他就是他們的主，想要不被捉攫，就永恒飛翔吧、永恒凌空吧。

有個聲音在他們耳裡反復吟頌，「就是他的存在讓我軍無法破敵，殺了他，敵軍就少了左右手，我軍必然勝利，可以讓我國光輝再次照耀大地……」這番話讓他們湧現源源不絕的力量。雲變了，不再是悠閒的飄移，草變了，不再是輕柔的薄衫。這股無窮盡的力量扭曲著、毒虐著它們，雲成為懾人的夢魘，草是死亡的衛兵。

「殺！」

「殺！」

「殺！」

「（童聲）殺！」

「殺！」

「（少女聲）錯……」鬼奴在忌松寺耳裡吹奏陰風，來自地獄的協奏曲稍微融化了迷盲。

他瞥了他們一眼，公孫亞士、何道生、韓七古、阿南羅索比格道松已經喪盲。

力量湧現，已堆積極限，即將爆發。他得要阻止，否則任何一位誰動了，這片大陸必然崩解碎裂、沉入大海。神話傳說曾寫道，億萬年前，某位神明因為憤怒便毀滅這世間所有一切，現在，正是那時刻。

忌松寺想說話，但聲音被什麼給綁住。想動，但雙手雙腳被什麼給擒住。想思考，但意識被什麼給吸住。他不再是自由行走於黑夜的公子，他是死刑檯上的罪犯。在偉大的死刑面前，他只剩稀薄的思考，不歇止的陰風支撐著這一點點的最終保留。

忌松寺順著那份擒綁力量望去，發現源自於哈哞達嘴裡的漩渦。那是什麼？怎麼看似毫無威脅，竟能拉住自我？

艾塵悠悠地往上看，睜大著童稚雙眼望著。他從懷裡拿出食人樹血汁，純稚地飲下，如此而已，沒再有動作。

飲落血汁的艾塵沒有變化，沒像公孫亞士所述，由於承受不了血汁蘊含的情懷與力量，身心靈瞬間崩潰。

難道艾塵喝的是假的血汁？是障眼法？但這樣做的意義何在？又或者公孫亞士一開始就欺騙了關於血汁的事？不可能，她不會對他說謊，天皇在溥儀之上，亞士對溥儀忠誠，她不敢僭越這份層級……艾塵究竟是誰？為什麼喝了食人樹血汁卻可以安然無事？

艾塵再次睜大水汪汪的眼，萌闃地望著忌松寺。但這不再是純潔，是死亡號角。

能夠化解此刻宇宙滅亡厄運的，忌松寺曉得，只有他，「（老翁聲）犧牲吧……」

忌松寺甩開長髮，五官之間躍出一隻黑色狐狸。他的毛髮比陽光更輕柔，但在黑色光澤之間閃爍著比地獄更懾虐的陰寒。

忌松寺一腳一個，又踢又踹又蹬。每個猛踢，都蹬出了千百位淌血的和服藝妓。她們凝聚成海潮，沖襲著公孫亞士她們，試圖化解靈業禁咒。可能嗎？可以嗎？靈業禁咒是以命一搏的攻擊，連命都不要了，枉死冤魂這樣拉扯，就能消散嗎？

可以的，真的可以，藝妓們跟隨忌松寺的意志，願意貢獻最終靈體。

百萬、千萬無私犧牲的奉獻，只為了不讓這片大陸消失，只為了不讓遙遠土地上的稚兒隕落於這場迷盲的戰火。這份執著，燃燒著、燃燒著……一衫衫消逝在火光裡的和服是一份又一份對於祥和的企盼，無盡數的犧牲融合成「大和德祥」。雲開了一道細縫，垂下四張雪白無字符紙，各自停在公孫亞士諸君臉上。符紙消解了靈業禁咒，公孫亞士她們摔在地面。天雲開了，灑落一片彩霞，那是通往天堂的道路嗎？

忌松寺恢復人形，跌落在哈吽達正前方。不自我犧牲不會出現大和德祥，四張咒紙落下時候，忌松寺的死期已經降臨。

「龍雅！」公孫亞士呼喊著，但他只是攤死，隨著哈吽達的漩渦漸漸滑動。

阿南羅索比格道松怒吼，「操！忌松寺！你他媽的要死也死在自己家門口！我帶你回家！」他化身成巨角麋鹿，衝到忌松寺身邊。他用巨角勾住忌松寺的鐵鍊，要救他回家，但是哈吽達的渦漩太強，好似是地獄審判，垂死之人必然逃不掉，凡是試圖逆轉生死命運的，也將同受其刑。

韓七古伸出石掌擒住鹿身，要拉回他們，但艾塵不允許，他輕輕撫摸哈吽達，牠張大喙，一吸，全吸住了。韓七古眼看大勢不妙，他為公孫亞士與何道生搭建一座石牢，將她們藏入地底，「靠妳了……」韓七古、阿南羅索比格道松、忌松寺被吸走，消失於渦流。艾塵摸摸哈哞達，牠變回原本兔形，可愛楚楚依偎在他懷裡。

公孫亞士乘著鳳凰從地底衝出，艾塵隨即抛出哈哞達，把她撞到一個何道生所無法理解的距離之外；但這個距離卻讓她深深覺得艾塵毫不稚幼，實際是城府極深的奸謀詭徒。

艾塵來到何道生身邊，但何道生眼中看見的不是艾塵，而是他的母親。在另一端，公孫亞士看見的不是何道生與艾塵，而是何道生挾持了她的父親。這一幕讓他們確定艾塵就是砍倒食人樹、飲下血汁的。

溥儀在滿洲登基之後，呼引他的臣子入宮護主。公孫氏與何道生氏收到聖旨，並未啟程，彼此歧見極深。蓋公孫氏認為溥儀才是真正君王，應該天下歸心，協助溥儀重返皇城，以報百年皇恩，但何道生氏認為清朝已滅，蔣介石才是正統政權，奇士世世代代效忠天地君王，當今的王不是溥儀，是蔣介石。公孫氏不想友情滅絕，決定先把奇物的管轄權分一分，像是冥土界的鑰匙該由誰持有？妖劍由誰擁有？奇獸歸屬於誰？公孫氏想藉著別的討論暫緩政治爭議，也想藉由種種的「分」，喚醒彼此之間的「和」。但是，出了問題，有些奇物、奇獸，何道生氏想留為蔣氏所用，但公孫氏擔心那會加速皇上霸業滅亡，於是彼此拉扯。越拉、越扯，最終一言不和打了起來。那場戰役讓公孫亞士的父親與何道生的母親重傷難治，為了不讓他們痛苦赴死，就將他們垂喪在食人樹。何道生的父親因此遁入空門，公孫亞士的母親則是不知去向。艾塵能讓他們看見彼此父母，再加上早先讓他們迷盲到無法自我控制，這些，就是他飲落食人樹血汁的證據。「迷」，迷得讓人自相殘殺，迷得讓人無法分辨真假，這是公孫亞士父親的靈業禁咒。

「別傻了艾塵，我看得清楚！」公孫亞士讓鳳凰飛入雙眼，眼亮了，看清楚誰是誰。

何道生說，「艾塵已經跟冥土界合而為一，他一定是把韓七古困在裡面！我現在開門救他們出來！」何道生打開冥土界，只見韓七古與阿南羅索比格道松拉著忌松寺的屍體，極為虛弱地跨出界門。冥土界已經開始吞噬他們，他們以幻咒護身，但是冥土界吃得太快，已把他們的幻咒啃食殆盡，他們如今是普通人。

看著這一幕，公孫亞士的反應卻是，「你不是軍修！他怎麼可能先救人？艾塵，你太不瞭解他，他會先殺你，再開冥土界啊！」她猛然從背後抽出大刀，一刀砍下能夠碎屍萬段的完美位置恰好是艾塵將她與何道生隔開的距離。

手起！

刀落！

韓七古大喊，「亞士！真的是他！」

忌松寺迴光返照，「（公孫亞士父親聲音）是何道生的母親大人要他這樣做……」

力量已經拉不回來，公孫亞士砍向何道生頭頂，「完了……」

那日，公孫亞士的母親臨行之前，告訴她那場戰役的真相。並不是他們手刃彼此，而是公孫氏與何道生氏為了不要兄弟反目，立下了個類似骨逝隱的誓約，只要自相殘殺，必然雙亡。

一道強烈的力量瞬間爆發射出，公孫亞士、何道生、韓七古、阿南羅索比格道松、忌松寺被力量射穿，滿滿血跡灑在蒙古國草原，留下一片腥紅。艾塵只是佇立，無風無浪。

何道生望著母親，「抱歉，困住了妳……那時候只是不想讓妳痛苦……」他看見母親走向他，好近、好近，但他的眼閉上了。

公孫亞士的父親蹲在她身邊，摸著她的頭說，「連殘留的我也打不贏嗎？」她苦笑一聲，「哼……復活來跟我打一場……」她氣絕。

艾塵抱著哈哞達坐在血腥之間，眼神空靈無垢望著這片綻藍天空。

五、怨

「（老婦聲）這是什麼鬼地方……」

身處在五角形的封閉空間，每個人像動物標本，浮空釘在一個彩繪牆面。

公孫亞士背後畫的是祠堂，陳舊古香祭祀著仙祖牌位，充滿幽幽遠思。

何道生的是軍墓，一墳墳軍魂，好是威嚴肅穆。

忌松寺的是供奉枉死者的廟宇，神靜的木堂沒有寧闃，厲鬼的怨恨充滯每個孔隙，呼喊著仇痛。

韓七古背倚一座古井，井石布滿綠苔，瘴氣籠罩井口，但是井底流著潺潺冰清，讓人想抷來喝。

阿南羅索比格道松浮空在翠青織布上，青布比童女的髮更纖細，柔軟得連神、鬼、妖、魔都想據為己有，永恒縱慾其間。

「（童聲）不是死了嗎……」

公孫亞士眼看情況如此，只好說了，「這是『要死不死』。」

「（老翁聲）死便是死……（少男聲）生便是生……（少女聲）在下忌松寺一家擔任神官百年以來從未聽聞妳所述之『要死不死』……（老婦聲）更未聽聞現在這種狀態……」

「這是我的密咒，猶如你的大和德祥……我只要持頌，就能無限復活，不過，有點棘手，這個密咒源自於日月星光，在我死亡瞬間，凡是日月星辰照耀得到之處，與我一起逝世的動物與人，全會進入這個狀態。一旦我持頌，所有會再次擁有一個毫髮無傷的肉體，然後復活。倘若世界某個角落有群士兵炸得粉身碎骨，我一持頌，他們又會活靈活現。尋常人怎麼有辦法面對這樣的詭異？」

韓七古直言她的擔憂多餘且幼稚，「妳在賭場多年，怎麼還不明白？試問啊，連自己性命都賭輸的狂徒，一旦翻盤大勝，下一步會如何？還債？或是行囊滿滿離開，過著不愁吃穿的日子？都不是，會繼續賭，賭得更狂、更野，不消幾分鐘又會賭輸性命……因妳密咒而復活的亦然，他們不會認為這是上天有好生之德，而會認為他們與我等一樣擁有幻咒，這份謬誤的執著會讓他們更衝、更暴虐，不消十分鐘，仍舊粉身碎骨……」

「（少女聲）我們怎麼在移動……」

他們都看見、感受到了。在此密咒的已死未死狀態裡，感官並未斷絕，仍與屍體相連。屍所見，他們亦見，屍所聽聞，他們亦聽聞。

艾塵把他們的屍體送返至各自主子面前。公孫亞士至溥儀、何道生至蔣介石、忌松寺至裕仁、韓七古至金九、阿南羅索比格道松至岡奇金布曼增迪。

「他是用慾望做為移動的媒介。」說話的是伊萬諾西亞芙蓮娜，她翩翩然現身在五人之間。

芙蓮娜是「夢境之魅」，想要躲開她的方法只有一個，不能闔眼，一旦入夢，就任憑她操控。沒人知道她的真正樣子，沒人知道她的真正聲音，夢怎麼刻畫她，她就是那模樣。在公孫亞士來說，她是自身的複製，猶似在照鏡。在何道生來說，她是上海最高貴的小姐，聲音呢呢軟軟，聽得人心酥麻。在忌松寺來說，她是七孔流血的冤魂。在韓七古來說，她是騎牛的老子，聲音低沉睿智。在阿南羅索比格道松來說，她是隻啼鳴的雌鹿。

公孫亞士問，「妳怎麼知道是用慾望？」

芙蓮娜說，「那天軍修來到蒙中邊境，我覺得奇怪，中國戰爭沒有打到這麼北端，他怎麼過來？再者，中國境內的奇士、奇獸、奇物，早就避難到戰爭區之外……」

「這就是我不能理解的地方，盧溝橋戰役之後，幾乎已經全數逃離，整個中國留下的奇士、奇物、奇獸，已全在軍修的部門裡，由他管轄，怎麼還有未登載的？若艾塵金髮碧眼，我尚能理解……」

「軍修說他在追緝一位名叫艾塵的奇士，那當下我就覺得詭異，軍修追緝不到的，能力必然在他之上，但我與阿南羅索比格道松卻完全無法察覺，我就去各國詢問是否聽聞過艾塵之類的訊息，想不到沒人曉得……」

「如妳所言，艾塵是以慾望做為移動媒介，慾望一擾動，我們必然全部知道，但是沒有……」

「其實有一種可能，但是，我不願意相信會是如此……並不是我們看不穿艾塵，而是，他是個『慾望集合體』，『集合的源頭』是『我們於禮不合不能看的』，所以看不穿、想不透、感知不到、打不贏。」

「妳相當意有所指。」

芙蓮娜說，「起初我只是推測，但這些畫面證實了我的推理。」她指向他們的皇帝與總統的方向。

有的是忠臣、有的是世交、有的是親信、有的是摯友、有的是生命裡不能缺少的大將。屍體幾乎碎裂，染成暗紅色的白衫、碎裂的盔甲、血肉模糊的面容，靜靜躺著，但諸位皇帝總統卻只是睥睨瞥著，眼中毫無疼惜，反而充滿解脫了、心願達成的雀躍，還有一絲疑惑——他們無法理解何以自己不心疼、不哀傷、不落淚。

公孫亞士決定不管尋常人復活之後會變成什麼樣子，「與我心意串聯，將我的話轉述給你們的主子聽……」她頌念密咒，「蕭月孟國離野納三界。」她的背脊湧出日光、月光、星光，瞬間照亮。皇帝與總統被一道強光閃射，雙眼眨了迴避，再回首時，屍已復活。

公孫亞士跪地告訴溥儀，「皇上，臣為奇士，歷代以來，奇士的任務不是替皇上攻掠城池，而是在制止皇上擁有奇物、奇獸，並制止皇上信賴無良的奇士……皇上，臣等不是在為難，臣等不是不願意支持皇上開疆拓土的雄心大志，而是，請皇上深思，蓋這片大地乃是『人』之世界，人的能力有限，歷代戰爭都是在這有限能力裡尋找極致以為勝利計策。步兵、騎兵、火砲、坦克、戰鬥機、飛彈，這是數千年文化演進的結果，這是數以萬計人的智慧結晶……得要經過『數千年』、『數萬人』的累積才能達成霸業，此乃因為『人的有限能力』。但奇士、奇物、奇獸並非如此，臣一人之力便能對抗千軍萬馬……皇上，奇士、奇物、奇獸的能力是『無限』的，那是真正的人外有人、天外有天、一山還有一山高。『今日』臣為皇上奪得勝利，『明日』必然有另一能力在臣之上的奇士奪走皇上霸業。皇上，在無限的世界裡，勝利不會維續超過半日，這也是為何臣等千年以來總是制止聖上以奇士、奇物、奇獸做為戰爭工具。『勝者為王，半日為寇』，十二小時之內就淪為它國階下囚，這種曇花一現的勝利豈是皇上之所欲？豈是天下蒼生之所欲？豈是歷史之所欲？豈是先祖聖上之所欲？望皇上省思。」

五位皇帝、總統說著大同小異的話：「幸好復活了，你可是我最重要的大臣，沒有你，這個國家怎麼繼續下去？我剛剛差一點以為要亡國了。」

公孫亞士說，「謝主龍恩，微臣告退。」

他們都曉得，艾塵未逝。

深夜時分，芙蓮娜來夢裡通告情報：

艾塵已經沉眠，隱沒在夢的世界；

前些日子在中國境內出土的塵泥佛君刀是假的，那是滿洲皇帝的夢慾，他想用義和團的奇物、憑自己的力量消滅眾奇士，但是失敗；

何道生軍修捉不到艾塵，一靠近就被彈開，這是日本天皇的夢慾，那是他的武器構想，他想創造一種力場護盾，使他的軍隊可以輕易彈開敵火，成為一支只能進攻、無法被攻克的天兵神將；

哈哞達分成三個俑，其中一個掉在蒙古與中國邊界，這是所有總統、總書記、皇帝的共同夢慾，他們希望奇士之間因為邊界跨越問題而意見分歧，進而導致內鬨，最後自相殘殺，並順便奪下蒙古，擴大自己版圖，當然，蒙古總統是想以此做為開戰理由，揮兵南下，重現元朝光輝，但是他們沒有細審，蓋艾塵是他們的夢慾化身，奇士的尊王心理使得感知能力遭到封印，其實看不見艾塵，這個計劃因此失敗；

老婦與幼童侵入冥土界奪血汁，老婦與幼童的形象、整個計劃、以及在河南湖北交界設置靈堂，全源自蔣介石的夢慾；

黑騎軍源自於蒙古總統；

施用在黑騎軍身上的確實是病障壇會信符，那是艾塵從食人樹血汁裡得到的幻咒；

艾塵本身是慾望集合體，沒有存在、沒有壽命、沒有生死，故而飲下血汁之後不會長生不死，縱使已與冥土界連結，但因他是虛幻的存在，無生無死、非生非死，不會被吞噬；

艾塵與哈哞達的純情靈魂源自金九，他知道韓七古只有辦法對罪大惡極的靈魂開殺戒，艾塵的純潔會讓韓七古無法動手，金九要韓七古成為戰鬥時候的拖油瓶，以此造成內鬨，自相殘殺；皇帝與總統們的夢慾總是失敗，於是在夢裡深思熟慮，成就了草原之死；艾塵遁入夢境沉睡的結局源自於史達林，目的是要艾塵殺她；藏在棺材裡的兩片俑，是挑釁的夢慾，諸王們以此告訴諸位奇士，看清楚誰是孫悟空，誰是如來佛祖，別太囂張，別對王指指點點，別想騎到王的頭上；

艾塵現身之後，諸位皇帝與總統的怪異舉動是因為已經迷盲於夢慾，所以不自覺地配合著、催促著，不自覺地想要快點看到奇士的屍體，想要快點擺脫奇士扣上的道德枷鎖，想要以不對稱的奇物奇獸武力稱王……

公孫亞士問，「妳的王要妳死，妳怎麼還這麼悠閒？」

「史達林誤解了我對於夢的解釋。我說，夢是存在的不存在、不存在的存在，實際的虛無、虛無的實際，他大柢只聽到存在與實際，誤解了……殊不知啊，在夢裡，僅有我是后王。」

「我們這次還是完成了任務，沒有讓我們的主子擁有『非人力量』，破壞『人間的武力平衡』。」

「幹得好，亞士。」

公孫亞士醒來，她去顧賭場。那對有骨逝隱的父子在她的場子狂贏錢。她站上莊家檯，「跟我賭。」

「錢還妳，讓我走！」他們把這兩天贏來的全部吐還，連滾帶爬溜了。

她把他們押回賭桌，「贏了我，才能走。」被逼到此等絕境，他們心想骨逝隱不會讓他們輸，賭了。她搖動骰子，「簡單就好，押大押小。」他們押了大，她打開，是大，那對父子興奮大喊贏了。她在他們耳邊說，「不在我的地盤，我管不著，但是在我的地盤裡……『平衡』啊，諸君……」

「我們不會再來了！」骨逝隱協助他們逃跑，飛也似地消失。

平衡的這番話，艾塵聽見了，他微微睜開眼，但又緩緩閉落，還不是醒來的時候。

THE END

第一屆・優選
〈峽海紀年〉

沈琬婷

作者簡介／沈琬婷

作家，劇場藝術工作者。台北出生、新竹長大，在嘉義的鄉間度過童年時光。台灣文學獎與台北文學獎雙料得主，劇本作品於台灣、香港等地多次上演，同時也以偶戲工作者身分於亞太傳統藝術節擔任駐村藝術家，現居於上海進行駐地寫作計畫。

於是我沿著隧道的水溝一直走，牆上有潮濕的苔蘚，我聽到什麼聲音在呼喚我，從我所背離的方向，從洞穴深處，呼喚我，叫我的名字。是苔蘚。是他透過苔蘚的咽喉哽咽著我的名字，即使透過苔蘚的語言，他們仍沒有辦法好好發出「ㄤ——」的尾音，聽起來就像是在說「娃提」。我轉身離開，離開空氣已被高溫沸騰的地方，一個月前我穿過隧道從神座底下回到這個世界，雙手在海水中泡皺，現在我從同樣的地方離開這世界，焦黑的指尖煙硝瀰漫。也許再過一個月，我都還能嗅到我指縫中的灰燼，就像即使再過一個月，也不能讓我臉上的淚水完全流盡。

每當寒暖洋流交會之際，我都會出入莒哈海域，長則一季、短則半月，在我幼時居住的海濱，這是很容易的事，在我八歲時被捲入外海，意外來到此地之後，我總願意相信那些在浪花間失去蹤影的小孩，最終是跟我一樣穿過了隧道，但在莒哈海域，鮮有發生聳動的消息，即使在各城市的敘事歌中也從沒聽過相似的描述。無論如何，至少在我生命的二十年間，可以確定我是唯一能夠自由進與出入莒哈海域的人，海域的語言千百年來並無改動，海域本身也像是冰封於時間之外的標本，任憑代換星移、城市依舊，物是人非而已，就像故鄉的土地。悲傷是我從未得自海域的東西，而我如今即將懷抱離去，並誓言永不復入海域。

＊

莒哈海域並非海域正式的名稱，事實上海域也從未有過定義自己名詞，因為這個世界是位於兩道擎天高原之間的峽海，而「莒哈」又是該語言中同時代表天地四方、古往今來的詞彙，海域並沒有世界的概念，我便選取意義最接近者做為稱呼。我對海域通用語言的熟悉堪比母語，甚能精通各種族方言，海域的語言並不難學，具有某種黏著語的性質，是由一個長的段落來表達詞意，只要在詞的前後增加或更動綴詞就可以改變語意，而方言的差異也只在不同種族的發音習慣，只要掌握了訣竅便能解意。不過海域的語言還是易學難精，一是透過更動綴詞產生的多重隱喻性，若非熟悉海域的文化，便不能明瞭；再者海域的語言並沒有相對應的文字系統，僅有不及百個兼具表意和表音功能的語素文字，這些文字更像符號，而且全都是用來讚美和象徵他們的母神，具有某種神聖性，一般人並不允許輕易使用，有些字過於古老罕見，只剩下娃提塔的祭司和御用歌者還能依稀辨義。

「……這個字已經罕有人識了，代表的是魚神的尾鰭，指得是東西高原，德琳讚歌中英雄德琳風玉王騎乘五隻羽族大鵬，翻越山壁得以直視終極，那是廣大無邊從無生死的荒原、永遠孤絕。因此它並非死亡的隱喻……」管溫用歌唱般的嗓音對我說，並慎重的將厚厚一疊用防水袋仔細包裹的文件遞還予我，「除去這處訛用外，我必須說您手中的這份物品神奇非常，簡直不是人間所有……還有，這份以歌者記事符號拼寫而成的譯本，一樣優美異常。」

他的通用語說得極美，幾乎沒有獸類特有的口音，甚至能精確使用許多只有水族才能發出的喉音，我便推測他是位御用歌者。

「萬分幸會。」管溫嗅聞我深出的手。「我是管溫，服務宮闈。」

「這是我的榮幸，承您推崇如此。」我說。「我是王庭。」

管溫低垂的頭顱很長一段時間沒有動作，然後緩緩的往地上跪倒，匍匐在地瑟瑟顫抖，露出頸背皮毛一片捲雲花紋，我看著眼熟。四週守衛的羽族青年還傻楞楞的呆站著，誰也沒先上前扶他，站得遠一些的甚至倒退著步子掉頭跑！管溫還地上蜷著，我伸手向他，卻被他給閃過了。

「您……您再說一次。」他仍盯著地面，雙手握住門鎖。「您說您是……」

「我是王庭，這不是我第一次來到此地，我曾親歷幾代王室的興衰，我絕非心懷惡意。」我起身靠近牢房門口。「我也認得您身上的花紋，您想必來自東方絕壁、國土邊陲的山村，那裡空氣乾燥，我曾和歌者豹回相和而歌。」

門鎖機關喀啦彈開，牢房在我眼前敞開。

「歌者豹回是我高祖父賤名……」管溫微微抬起腦袋，又忙不迭的垂下去。「我等肉眼凡胎，竟如此冒犯了您。」

管溫接住了我朝他伸出的手，用暖軟的獸掌將我拉出牢房，令我受寵若驚、茫無頭緒。在此同時，四週的張力又是那麼明顯，幾乎隨時就要斷裂，我每走一步、那些剪去飛羽的羽族守衛便肌肉緊繃、憤憤咂喙，就在我即將踏出籠門的瞬間，侍衛長終於忍無可忍，奮力一括撐開五尺長的巨翼，將我們一拍兩散、將管溫搏倒在地，嘶嘶哼著戰歌。管溫也不甘示弱，即使優雅的迅速直起身子，嘴上仍狺狺低吼。

「管溫，我不管你是不是給皇室唱歌的！娃提塔有娃提塔自己的規矩，這個瘋人憑空出現擅闖娃提塔、破壞神座、打斷立儲儀式，滿口胡言堅稱自己來自這片峽海以外，現在又拿娃提的名號自稱！沒有任何證據，就憑你相信她的鬼話便可將她擅自帶離娃提塔？」

「同樣沒有任何證據能夠證明她並非娃提的使者，她在請求娃提降臨的儀式中出現，她手持這片峽海中從未出現之物……若非娃提如何能坐上神座？只有娃提能自稱娃提！」

「瘋人往往膽大包天。獸也往往裝出魚的德行。」

「你不相信不要緊、你們都不相信那也不要緊……」他咬牙切齒的噓聲說，「至少公主相信。公主要將她請往皇宮。」

這一句話之後，侍衛長不動彈了，兩人也不叫囂了，然後侍衛長咂咂嘴，將反芻的穢物吐在地板上。管溫撥開侍衛長的翅膀，後者心不甘情不願的收翼讓道。管溫一把將我拽近身邊，請我加緊腳步，我看見管溫鹿一般的臉孔盛滿光輝，對上我的眼神，那像是同時承受著極大的憂慮和莫大希望的人才有的堅毅，而他看著我，就像我的存在是他憂愁恐懼的源頭同時也是一線希望！這是我第一次看見他的眼睛，就像他的高祖父，以及將來往後世世代代出生在歌者之村的孩子一樣，善良而易感，睜著他們輝映海天的眼眸，吟唱讚揚歷代英雄的頌歌。

「恐怕必須請您移駕皇宮，公主對您帶來的東西很感興趣，但王子卻有所忌憚，整個娃提塔都心向王子，肯定已經有人報信了……」

「管溫，你說現今王坐上的可還是德琳罕莫家族？」

管溫沒有回答我，在我們面前站著一個人，身高七尺、兇狠陰鷙，雪白的頭顱和深黑的身體，黃爪黃嘴，剪羽禿頂，是信仰領袖娃提塔大祭司才有的特徵。除此之外他用幾乎要流出血來的怒氣直勾勾瞪著我們，管溫不閃不躲的迎上他的視線，他們之間的空氣凝結。

「管溫，問候那位小妖婦，王子阿奎亞才是神諭所欲的繼承人，即使她找去這個冒牌瘋女，也無法改變事實。」祭司在我們經過時，用所有人都聽得到的耳語說。「她若是意欲篡奪王位，將受娃提的制裁。」

小侍衛們跟著一陣訕笑，管溫臉不紅不喘，仍然用他那優美的一如流水的嗓音輕輕應道：「祭司大鵬，娃提的心向著真理以及慧眼識珠之人。」

峽海地區最繁華的市街與最奢華的生活都藏在海面以下，那是水族鉅賈與貴族的居所，以及整個王國的政商中心，每天都湧入來自各地的羽族或獸族青年，揣著一步登天的發財夢，和水族的貧下階級一起在大陸棚各處的貧民窟長久蝸居。越往海域深處，就越接近皇家重地，是峽海的中心、皇宮的所在，東邊日出處的娃提塔與皇宮相連，從海面下豎立起來，自古便士兵家必爭之地。雖說莒哈海域的生活數十年如一日，但一日易十主卻不是稀罕事，水族王室枝繁葉茂，只要一點小事便能江山易主，峽海裡幾乎所有貴族家族都曾執王政，現今王位上的德琳罕莫家族在我上一次進入海域時政變成功，取得王位後已相傳五代，始終內政平穩，已經是一項奇蹟，更何況若上溯家譜，這還是家族第二次入主王政！除了國王勵精圖治外，還有一項不可或缺的因素決定了它的成功。

「德琳罕莫家族一次只會生出一個後代，」管溫解釋，「這點您想必已經知道內情。」

我點頭說我知道，德琳罕莫的血統異於平常，卵在母體內受精後孵化，在妊娠期的一百個日夜裡，腹中幼子會惡鬥相殺，直到剩下最後一隻產出，這個皇子中的菁英自然成為下一位君主。我們正乘坐由羽族人拖曳的車具，這種車長得像有尾翼的滑橇，國內通行多用作載貨工具，只有在王畿專門設計來載人，以彌補水族王室在陸地上不良於行的問題。我們沿著國王大道前往皇宮，這是從娃提塔直達宮殿的捷徑，不用經過市街就能直通深宮內苑，一路上滑橇飛速奔馳，沒有遇上其他的人。

「……經過特別長的妊娠期之後，先王產下了王子阿奎亞和王女安海慕兩兄妹，德琳罕莫家族從未發生這種狀況，而究竟是王子沒有在腹中殺死公主，還是公主放了王子一馬，沒有人知道，不過世人總習慣於將王子稱呼為『仁慈的』阿奎亞、稱公主為『弒君者』安海慕……」管溫解釋道，「當年娃提塔做了幾次占卜都沒有出現凶兆，兩個孩子也都能力出眾、不相上下，大家幾乎都忘了這個異常狀況，直到半年前先王崩殂。」

「兄妹倆不能共同執政嗎？」

「噢……」管溫對我露出一抹緊張的笑。「這是您的意思嗎？」

我還不及反問管溫話裡的意思，車駕就已經穿過海面，車夫收起雙翼用腳蹼打水前進，水下的國王大道是直達皇宮的漩渦，海流受地形影響長時間在此打轉型成快速水道，管溫的車駕加快速度超過我，從我的前方消失，我還捏著鼻子適應環境。莒哈海域的海水是氣態的海洋，水在這裡達到液體與氣體的臨界點，成為了液態的空氣，這裡的水如何在一般溫壓下呈現超臨界流體的狀態仍然未可知，我只知道過去的經驗告訴我，如果是沒有鰓的動物，瞬間從氣體的空氣進入液體的空氣時，得要從肺部提氣到口鼻然後封住咽喉，以減緩海水對耳膜的壓迫。

我想到管溫，水似乎並沒有對他造成影響。水中阻力對體力消耗大，所幸海洋中含氧量也比空氣中高，但即使如此對用肺呼吸的生物仍是較為不利，何況是必須長年歌唱的歌者，尋常歌者根本無法撐過一年，除非是來自邊陲山壁上的歌者之村，有著沉厚的肺活量、善於在冷冽山風中高歌的古老歌者家族。

橇車在七色珊瑚打造的宮殿深處停止前進，有著七彩尾鰭的水族女侍出現領我前進，我順從的穿上蹼鞋、一蹬游進他們要求等待的房間。我許久沒有進入皇宮，這個房間我沒來過，海水從珊瑚礁的孔隙間流進流出，陳舊的大廳空無一人，只有一座粉紅珊瑚樹生長於大廳中央，四週的建築都是刻意配合牠的生長而設計，珊瑚分出的一片易碎槎枒已經穿過穹頂，和上面密密麻麻的娃提真言鑲嵌畫融為一體，就像生長天地的生命之樹。我忽然想起我確實來到過這裡，只不過跟我記憶中不一樣，我第一次站在這片穹頂下時還沒有遮天的珊瑚樹，珠貝鑲嵌的真言也還色澤猶新，被後世贊歌稱做「建城者」的女子從房間的另一端緩步踱來，得意洋洋的向我炫耀她的城堡，她說這是能夠和整個海洋共生，隨時間累積自動增生宮室、毋須修葺即能永恆的偉業，我深表敬佩。

如今珊瑚樹已經在十七個家族的王位輪替中成長茁壯，我卻彷彿仍看見她從珊瑚的枝枒底下鑽出來，舞動透明的鰭肢，還是當年那張恆久不變的臉孔，帶著得意的神情檢視後世的成果……

我想得出神，眼前的影像不見模糊，卻是越來越清晰輪廓清楚，那個輪廓逐漸成為另一張臉，五官仍然依稀如她，眉宇間卻是另一種神情揪蹙，怎麼也不會像她。許久之後，我才向等待我回神多時的公主行禮致歉。

我一眼就確定她是公主。公主安海慕有著先人的輪廓五官，德琳罕莫家族特有的純白鱗甲和透明鰭肢，遺傳變化在水族身上表現細微，通常數代間都有著同樣的外表，幾乎光看外表就能知道是哪個家族的人，而她的聲音也穿越時間的洪流來到我身邊，公主用她和祖先一模一樣低沉脆硬的嗓音開口說話，連珊瑚樹都為之震盪。

「請您寬宥我等先前的無禮，」她向我行了一個大禮，「方才的事管溫已經一一向我稟明。我等之過原屬無知，希望您大量，無知之過、既往不咎。」

她抬起一雙沒有眼瞼的大眼睛，從兩耳鰓蓋吐出一串泡沫。我艷羨她同樣年輕卻有這樣的優雅威儀。

「德—安海慕，請不要向我致歉，我萬萬不能承擔，錯在我引起的巨浪，擾亂平靜的海面，本是我應為那日致歉，承您以禮相待，我受之有愧。」我連忙回以大禮，還在稱謂前加上代表最高敬語的字，這個字是水族的語言裡獨有的，是用高頻的鼻腔共振渲染喉音而成的捲舌音，可能稍嫌諂媚，但我倉促思量下也顧不了那麼多。

果然血液一路衝上公主的面頰，她紅著臉端端正正的謙讓，我卻看見她嘴角止不住的笑意。那個微笑有勝利的猙獰。

「請不要稱呼我為德─安海慕，我萬不敢妄稱如此盛名。但是若您不嫌棄，可否由我做為代表，向您為之前的無禮致歉？」公主不等我開口，逕自抬起一條胳膊「金銀珍寶那都是俗物，我要為您獻上的是我最珍貴的、絕壁之間最好的歌聲。」

管溫的歌聲響徹海域。那的的確確是最珍貴的、最美的聲音，然而我在聽見他唱出第一句歌詞之後便充耳不聞。這些事情的前因後果逐漸清晰，那個揮之不去的念頭令我背脊發涼、渾身戰慄。

「娃提──」。

娃提一詞不只有神的名諱、警示語、祝福語的功用，更是整個莒哈海域信仰的核心，幾乎任何舉凡政治、經濟、曆法、歲時祭儀等等關乎人生的大小事都和娃提脫不了關係，「娃提」也可以說是一種價值觀念、哲學思維的中心，是莒哈海域的人們無論種族從生到死的信念。「娃提」是他們的創世神話裡，雌雄同體魚神的泛名諧音，其中「提」一字來自於創世時所發出的第一個聲音，也是「德」的古語源；而泛名即是任何人都能呼叫的通稱，無論是水族、羽族還是獸類都能平等稱呼此名，另外還分尊名、聖名和全名，除了全名因為過於神聖而凡是肉眼凡胎皆不得眼觀口說，說不定根本不存在以外，其他名字的使用基本反映種族和尊卑差異，因為只要是水族人皆可使用尊名「艾許娃提」，因此某些貴族習慣多此一舉的在尊名前也加上「德」突顯高雅，實則弄巧成拙。

莒哈海域的人民相信，在「莒哈」創生之前，娃提自虛無中誕生，祂的雌雄雙身交合後，從身體的裂谷游出第一群水族子孫，這些水族子孫繁衍出自己的後代然後死去，娃提用他們的屍身在莒哈中創造最初的海洋，那時候的海洋還很小，第一批水族的十個後代在狹窄的海域間和娃提陸續產出的水族子孫交尾繁衍，然後屍身使海洋廣闊。娃提不斷生產新生命，高舉的尾鰭逐漸形成高山，娃提便產出能高飛天空的羽族，死後化為山峰，又產出能化為土地的獸，水族、羽族和獸族代代繁衍生息，使海洋遼闊、使山谷深遠、使土地肥沃，所以娃提是所有種族的母神，創造生命以維繫莒哈、毀滅生命以建構莒哈。

正因如此管溫所唱的歌曲讓我無比驚懼。他的嗓音溫厚醇美、響徹海域，的確稱得上是比金銀更加珍貴的寶物，皇室從不輕易示人；他唱的是摘取自普魯卡禱詞的讚美歌，雖然我待在海域的時間不長，但是幸運的幾乎每次都碰巧遇上為召喚娃提而舉行的祭典，這首歌我是知道的，那是只有在祭典上用以召請娃提的頌歌，從未在娃提塔以外的地方被吟唱過。如今在皇宮中演唱，而且想必已經傳遍王畿！我的恐懼迅速控制所有的感官反應，好幾次幾乎就要屈服於怯懦向公主跪地求饒，但是恐懼同樣也讓我很清楚這麼做的後果——我不能不是他們所相信的身分，否則我相信他們將輕易對我處以死刑。我陷入騎虎難下的窘境。

但是我同樣也不能假裝自己是他們以為的身分，不說別的，光是他們信仰的強度就足以將人毀滅。

「讓他停下來。」我試著平靜的說，一出口就覺自己的聲音大的刺耳。「這首歌不能再唱了。」

歌聲嘎然而止，公主謹慎的瞅著我，一時間沉默瀰漫四週。

「娃提——？」公主開口。

我最大的恐懼於焉成為現實，透過公主沒有眼瞼的藍眼狐疑的回望著我。我從不是勇敢的人，不夠勇敢到大山崩於面前而不懼，頂多只能作到不亂，不過這些年在莒哈海域的旅行至少教會了我鎮定。

在公主再次開口說話前，我當機立斷的行動，動作迅速打開潛水背包，心疼的看著海水湧入浸濕裡面的所有東西，然後掏出方才管溫在娃提塔交還與我的大包裹，我小心的揭開外層的防水袋包裝，取出兩本厚厚的用油性墨水和賽璐璐片書寫而成的磚頭書。公主吃驚而倒退一步，長得像孔雀魚的侍女們迅速靠近我，渾身肌肉緊繃，管溫不知從哪裡的帷幕後突然出現，站到了公主身邊，我緩慢的將書本高舉過頭，順著這個姿勢向公主跪下去。

「德—安海慕，請您聽我說，我知道您的一切，也對您所管轄的國度瞭若指掌，我知道您所隸屬的德琳罕莫家族可以上溯到建城者示列巴女王的女系血緣；我曾親歷德示列巴讚歌中述說的壯麗的流亡，參與那場撼搖天地的奪權之戰，眼見皇宮平地而起……因為我就是傳說中提到的御前母獸，」我眼睛盯著地面說，「我參與了海域至今千年的時間，我眼見歲月如河水迅速流過，但我並不是娃提，我甚至不屬於娃提創造的世界，我只是一個研究歷史的渺小人類，這一次的旅行是為歷史而來，為了與過去友人的約定，將海域的歷史編纂成書、為海域的所有人民帶來歷史。我無意破壞娃提塔的儀式，是穿越時空後意外落到了那裡，而我之所以來到，是為了將這個獻給您。」

我高舉史書一動也不動，四週只有海水流動，我靜靜的等待，等待我說的話語激起塵埃，靜靜等著就像等了一世紀那樣的久，直到我也開始漸漸感到四肢痠麻而發抖。

「請妳起來，我要好好跟妳說話……」

公主終於開口，我總算鬆了一口氣，還是戰戰兢兢的蹬起身來。

「但是妳說妳是娃提。」公主說，「管溫說妳在娃提塔中自稱是娃提。」

「我的確自稱，但我是自稱王庭。」

「娃庭？」

「沒錯，我只是一介渺小的歷史學者，我叫王庭。」

「為什麼妳說妳不屬娃提創造的世界？」

「我所來自的世界對你們而言就是不存在的虛空。」

「在我的世界裡，還有更多像妳一樣，來自虛空之外的人嗎？」

「您放心，就我所知，除了我以外，從來沒有別人。」聽見我的回答，公主像是心頭的大石落地，神情舒緩許多。「在我生活的地方，也有像這裡一樣的海域，前往這裡的通道位於海面下百米的水域中，通道兩邊的時間不相等，極少有人能夠徒手潛入那麼深的地方。」

「對我而言，妳所述說的一切是那麼神奇，神奇的就像瘋癲者的誑語…」公主喃喃的說，「然而瘋癲的人又比我們更接近神，神在妳身上處處得見，但是當我看著妳的時候，妳看起來卻不過是獸……原諒我感到迷惑。」

「真要說起來，我和獸確實是同樣的生命。」

管溫的嘴角滲出了笑意，公主卻不理會四週已經舒緩的氣氛，仍然用僵硬的神情銳利的瞅著我，我彷彿可以聽見她亂如麻的腦袋努力思考的聲音。她的確越看越跟她的祖先相像，幾乎一個模版刻出來的一樣臉孔，但是她的眉心沒有那位女王的寬闊舒緩，仔細看著更覺得似乎沒有看過神情如此嚴肅的少女。

「無論妳是甚麼，請妳告訴我們何謂妳所說的『歷史』，還有關於妳懷抱中那兩件物品的一切。」公主說。

＊

隔天早晨起來之後，我站在臥室的小窗前看著許多水族的商人從海岸邊浮起，前往沿岸的工寮準備將店裡雇用的獸或鳥叫醒上工。莒哈海域的節氣和我生活的地方相同，已經是秋冬之交了，雖然透過訓練習慣海水的冰冷，但是清晨的寒意仍然讓我赤裸的皮膚起了一些小疙瘩，當地沒有穿著紡織品的習慣，我左思右想後還是穿上原本那身鯊魚裝，他們既認為我是獸類，那麼這身泳衣大概就像我的皮膚一樣，不能輕易穿脫。主意已定後，我穿上泳衣，到房間配備的前廳給自己沖了茶，茶是當地普遍嗜喝的飲料，是用一種灌木的半發酵葉片沖泡而成，還會加進主食的米食裡煮成湯粥，喝起來有一股辛辣的嗆味。

我一邊喝茶一邊思索昨日的會晤，我和公主以及管溫激烈相談至半夜，才派人將我送到管溫位於海岸線上的府邸暫住，連續一週在牢房度過的夜晚讓我疲累非常，大概在管溫回府之前我就已經沉睡不醒，也是和公主的談話讓我信心大增，雖然當初沒預想要驚動到王室，但是現在的發展出乎意料的順利。要向他們解釋何謂歷史比我想像中的困難許多，莒哈海域在千年間發展出高度的詩歌吟唱藝術和結構完整的宗教體系，這兩者結合之下於焉產生蓬勃的歌者文化，無論是貴族還是商賈都風靡於豢養一位歌者突顯社會地位，歌者既是音樂家也是詩人，他們將城市奇聞纂成長歌，流浪歌者旅行於山野與城市之間，為市民吟誦傳統的上古英雄故事和山野見聞，大大影響了兒童的教育。他們心中有著根深蒂固的神話史觀，對他們而言千年的歷史不過是歌謠中所描述光怪陸離的英雄傳說。

我漫不經心的思考著瑣事，在泡漲的筆記本背後計算關於潮汐以及洋流的變換，計畫著回去的時間，一邊等待著今日的召見。所以當管溫輕叩門板前來問候時我幾乎是雀躍的歡迎他的來到，他依舊是一貫的沉靜，舒舒緩緩的轉達公主再次召見的時間，並詢問昨晚是否安歇？我欣喜的向他道謝。

「不知道能否有這個榮幸與您共進早餐？」管溫說。

我連忙請他進來，管溫讓人將早上吃的米糊送來房中，我腹中早就飢腸轆轆，連簡單以粗鹽調味的發酵米糊都吃得津津有味，管溫優雅的用舌頭舔食，在我吃完之後許久才放下碗。

「您很喜歡這道菜？」管溫笑著問我。

「吃習慣了，談不上喜不喜歡，主要是餓。」我不好意思的說。

「沒錯，真的是吃習慣了，我們習慣在早晨吃米糊，一直都是吃這個東西，從我的爸爸、我的爺爺、我爺爺的爺爺、我每一位爺爺的爺爺，打從一開始就是這樣吃，就算到今天我們也還是會繼續吃著同樣的東西。」

「這不是規定好的事情，」我臉上一熱，憤憤的回應。「你們有權利選擇。」

「但是我們已經做出了選擇，我們所有的祖先和他們所有的子孫都做出了對他們的生命最有益的選擇。」

「對不起，恕我直言，」我倏地從地上站起來。「選擇必須發生在同時有多個對等事物的時刻，你們從來都沒有過選擇的機會！」

「我無意讓您感到冒犯，」管溫不慍不火的直視著我，這讓我更加惱怒。「或許就像您說的，我們從來沒有過選擇，但是不是也有這個可能性，當最初我們的祖先在選擇一種形式時，決定了我們今天的生活方式？」

「你說的也沒有錯，也許你們的祖先的確曾經選擇了詩歌而放棄歷史。」我沉默片刻還是同意他的說法，坐回他身邊的地毯上。「但是你必須承認這是一個很讓人震驚的事實——一個政治變化如此劇烈的文明，竟然沒有任何值得採信的歷史！三代以前發生的事若沒被寫入歌裡就不會有人記得，一般平民除了上古英雄傳說外對這個世界可說是一無所知。」

「我們的確是善於遺忘的民族。」管溫認同的點點頭，「我在五歲時創作了我的第一首歌紀念我祖父的死亡，至今仍然清楚記得。在您來到之前，我不曾覺得我們健忘。」

「這就是問題的核心，你們擁有如此深厚的文化背景，卻從未發展出任何足堪記事的文字體系，文化的傳承全靠口傳心授，所以才沒有任何用以記述歷史的方式。雖然歌者有自己的記事符號，但是每個家族使用的符號又有所差異，不管是文化還是家族頌歌都是屬於少部分人把持的知識，而且偏離現實。」

「您說的文字，像是甚麼東西呢？」管溫皺起了眉頭，「是您帶來的『書』上那些真言和奇怪的符號嗎？」

「那只是我初步設計出來的記事方法，還不算完整的文字體系，真要說起來，那也只是利用我所知的拼音符號加上具有意義的真言符號創造的拼音文字，其實更像是歌者的記事符號。但是若假以時日，你們也可以將它發展得更完整！屆時知識可以更快速的普及，你們也能繼續書寫自己的歷史，如此一來你們的社會也會進步得更快！很快政變會越來越少發生，發展速度將是過去千年來的數倍！」

管溫始終維持謙和感興趣的態度，仔細聆聽我口沫橫飛的述說遠景，對於我幼稚的幻想他既沒有出言打斷，也不曾輕易提出反駁。他一邊側耳傾聽一邊思考，就像我所說的每一個字跟他說出來的同等重要，這讓人感覺受用與尊重，但是他思考之後的反饋往往又令我惱羞成怒，歌者多半是敏銳的思想家，就像他的高祖父一樣。

「娃提教導我們要將生命與死亡同等看重⋯⋯我生時要延續世界的興盛，我的死亡將讓世界建構完整，我們所有人、不論貴賤都是。我的生命既然是為了承載一部分的世界而存在，那又何須費工夫來發明什麼文字來記述呢？

我所承載的一切自然會有別的生命來承接，而我所不知道的一切也會有別的生命負責延續，如果我創造了什麼，那也是為了使世界更加興盛，會有人為我傳承，永遠不會被遺忘……。」

管溫經過深思之後謹慎的對我說。我當時總認為他的回應充滿辯駁的意味，其實他是比誰都還要懇切的在思考，對我毫無保留的舒發胸臆。

「其實我真正希望知道的是——為何您認為所謂『真正的』歷史那麼重要？既然所有人的所作所為都是為了同樣的目標，那麼『誰』真正做了什麼又有甚麼要緊？即使我在頌歌中將數位統治者的成就穿鑿於同一位上古英雄身上，也不會改變最後的結果，不是嗎？」

「那是因為⋯那是因為我們必須站在前人修築的地基上才能看得更高更遠，我們必須從錯誤中學習，避免重蹈覆轍。如果你們擁有歷史，人們就會記取改朝換代的代價，不再輕易發動政變，百姓也可以安居樂業！」

管溫沉思片刻開口，卻回了一句似乎答非所問的話：「誠如您所說，我的同胞的優點，就是善於遺忘。」

我一向是喜歡獸類勝過其他種族的，唯獨這時候他們特別令人厭煩。單就身理構造而言，他們都和我更親近，但社會結構的長期壓迫下，他們習慣在每一個句子裡添加大量迂迴的隱喻，所說的話總是像一個又一個迷語，永遠都在真實邊緣打轉，而歌者尤其如此。我耐著性子等待他說完。

「就您所觀察到的，我們的人民對於政治變動的態度一向如何？」

「…那是貴族間流行的消遣。」

「沒有錯，我們一向事不關己。」管遛嚴肅的點點頭，「但是這一次和以往都不同，王室發生異變被看作天地易轍的預兆，只要和娃提有關，就沒有人能夠置身事外，到時候連最低賤的獸也會被迫選擇自己的立場。」

「你想告訴我什麼？」我脫口而出。

「昨夜您回府安歇後，公主讓我仔細為她重述您紀錄的幾次未曾編入歌謠的戰爭和動亂……」管遛的眼神又回到了我初見他時，善良而易感的憂愁。「我與公主、王子一同成長，王畿從未有過這樣的冬季，讓我打從心底感到陣陣寒意。」

公主在太陽昇到天頂中央時召見我，管遛一早梳洗完畢後便按平時先去了皇宮，我獨自一人在安靜的宅邸內等待約定的時間到來，管遛早餐時的對話令我焦躁不安，不自覺的來回踱步，發現後又遏令自己坐下，一坐下便感覺全身肌肉都在撓癢，橫豎不自在，我對自己說我需要看看窗外放鬆神經。我走到窗邊時來自皇宮的橇車已在門前停妥，車夫一樣是個面無表情的羽族青年，始終看著眼前的空氣出神。

橇車走市街的水路進皇宮，花了比上一次多一倍的時間，進入城堡中又左彎右拐了一陣才終於停下來，我驚覺自己已深入皇宮接近中心的地帶，這一回，公主安海慕在她的寢殿裡親自接待我。她歡迎我的表現嫻靜不失大方，適當的熱情讓人感到受用又不過分。

「請原諒我的失禮，本應在黎明之時接待您才更顯莊重，無奈於亡母遺下的政務繁忙，一向得民心的兄長又在此時離宮巡視東疆，左右掣肘下，裁決政令實在得費點時間。」

她用待見親近友人的禮儀溫溫婉娩的對我說，反倒讓我一時間不知所措起來。四周殘留著她從容優雅的行止和恰如其分的笑意，那麼不熱不暖的讓人摸不出脾性。我想像自己逐漸深入陌生的巢穴，四處瀰漫被精心掩蓋過的氣味，陰影中潛伏著無邊的視線。

「我想我擔當不起公主如斯待我。」我說。

「妳這樣講那才真是失禮了。」她肯定的表示。

公主笑容不變，領著我進入內室，一路上支開左右親近，偌大的宮室竟一個人也沒有了，僅剩海水川流的聲音。最後她在一片七色海葵綻放的大窗子前停住腳步，我可以透過她身體透明的部分看見背後的色彩。

「人們總說志氣相投的人之間彷彿血脈相連，」公主說，「自從您來到之後，我就像終於擁有一位血緣手足！」

「德安海慕，您擁有的從來不少於我，這個城市受您治理的人民都是您的至親手足，而您還有王子，真正與您共享同樣的血緣。」

「阿奎亞雖是我的至親兄弟，但是我們的心就像東西絕壁相隔萬里，還不如你我親近。」公主帶著一絲少女特有的憤懣語氣對我說，「阿奎亞深受那些古老貴族的影響，他的腦袋就像枯死的珊瑚樹一樣僵硬泛白，一碰就會化為齎粉，即使同樣接受管溫的教育，他依然像所有的貴族一樣，視獸為奴為蠻族。我從來不理解他的心，就像我從來不能理解那些衰老的家族。」

我禮貌的微笑，暗自揣測公主忽然熱情親暱的原因。我對公主了解不深、對貴族王室也所知有限，眼前的這個女孩看起來既像個憤世嫉俗的孩子，又像個飽經世故的疲倦女人。

「我敬愛管溫如父兄，即使他的身分對其他貴族而言不過是個家僕，同時我愛獸族一如我的手足，對於羽族我也是同等看重……作為一位公主這麼說似乎有欠妥當，但在我心底始終認為無論是水族、羽族還是獸族，生命都是同等珍貴，不存在先來後到的差別。

我知道這麼說很不應該，我知道……但是我們難道不該敬佩羽族能一振而入青空、遨遊絕壁之上？難道我們不該敬佩獸族旺盛的繁衍能力、以及他們在各種工藝上精湛的造詣？『這個世界不只有海洋，統治者的王權應建立於三族之上。』」

「那……那是因為我的……我的……」我登時嚇出一身冷汗，支支吾吾的說，「我的初衷只是想為平民百姓創作，紀錄他們的歷史，並沒有要諷刺王政的意思。」

「既然如此，為什麼要費心又以貴族才能解意的真言重製一次？」公主仍面帶微笑，但語氣異常嚴厲。「管溫為我轉述您所說所著的林林種種，唯有這句卷頭語深得我心！我和您瞻仰同樣的遠景，能夠將獸族、羽族的過去還予他們。」

「德─安海慕……？」我顫聲問道，「您是要將歷史帶給他們嗎？」

「沒有錯，我答應妳，要將無論『歷史』還是妳說的『文字』交予我所有的子民！他們會知道關於自己民族的無數故事，還有頌歌之外沒被記錄的戰爭、戰爭中的無名英雄。若我為王。」

公主的語氣始終平靜懇切，好像在說一個思量忖度已久的計畫，早已揣在兜裡經年累月，因為我的到來而於焉成形。這一刻的她渾身就像籠罩在一層光氳之中，雙眼如有星辰閃爍，我被她那光輝燦爛的模樣所感染，心情跟著激動起來，彷彿也看見從她口中流瀉而出那個美而不可言狀的未來。

「德—安海慕，若您為王，那將會為這世界帶來重大的變革！」

「只要我登基為王，無論我做些甚麼，都會是一場劇變。」公主說。「……若我為王。」

她轉頭看向我，我驚覺這是她第一次直視於我，我的心臟仍然激動的砰砰跳動。公主朝我游過來，握住我的手。我甚麼都來不及思考，就下意識的把手抽回來，那個直覺反應迅速到連我都感到驚訝！我頭皮發麻，全身緊繃的等待這個大膽的叛逆舉動的下場，但是公主就像沒有注意到一般，仍然戴著她不變的微笑，靠近我的臉。

「娃庭小姐，我將妳視為血緣手足，妳所希望的事，我將助妳達成；然而做為血緣手足，我們應該互相幫助。」她再次握住我的手，我想我應該掙開回以大禮，但我的身體不肯動彈。

「……從那日立儲儀式中止後，如今王畿直到遙遠的邊境村莊，無不盛傳娃提降臨世間的流言，人民正在等待他們所期待的結果，以及一個說法。」

「妳願助我嗎？」公主問道。

結束謁見後同樣的橇車將我送回管溫的府邸，我始終沒有回神過來，一路上腦中不斷縈繞著是管溫最後對我說的話，橇車穿過水面後，迎面而來的風夾帶陣陣寒意。我們越過王畿的上空，城市中有人仰頭想看清楚橇車裡載得是甚麼人，多半是些獸族的年輕人，雖然透過水面的折射根本無法辨識，車伕仍然嚴厲的警告我不要輕易探頭探腦，以免諸多可能的危險。

橇車著陸時猛烈的震了一下，打斷我的思緒，我從一個模模糊糊的念頭中驚醒，看見宅邸的門窗在寒風吹動中輕輕擺動。

「管溫先生從皇宮回來了嗎？」我問車伕，他擺出事不關己的模樣，咂了咂鳥喙。

我這才想起羽族人一向看不起獸，尤其對御用歌者的越級待遇充滿敵意，這種敵視態度當然包括外型酷似獸族的我。我一跨出橇車，他就拍拍翅膀飛走了。

我確知自己在臨出門時有妥善關閉他人的房屋，況且管溫雖貴為御用歌者，宅邸中也沒有配置任何專職的僕役，冬初的寒風也不適合門戶洞開，這種狀況並不尋常。屋子裡異常安靜，自我踏入屋中後，便傳來一陣窸窣耳語，從我居住的房間傳來。我的心頓時涼了半截，腳步不穩的往房間跑去，房門在我靠近時忽然敞開，房中五六名高頭大馬的羽族侍衛鷹視著我，他們全都周身雪白、全副鐵裝，在他們身後，一個彷彿透明的身影倚牆而立，手中捧著我的潛水背包。

「能否將它歸還予我呢？」我走進房中。「德—阿奎亞。」

王子轉過身來，風吹得他有些搖晃，水族人在陸地上很脆弱，可是他的侍衛們異常強壯，我不敢輕舉妄動。

「我可以是任何人，何以認為我是王子？肯定不是因為長相吧！」他說，「王子正在巡視東疆。」

「純粹是孤注一擲，如果公主傳召異地貴客密談的消息傳出，那麼我的下一個訪客就會是王子。」

「如果我不是王子呢？」

「那肯定也是受王子所指使，我想不出整個王畿除了王子以外，還有誰能知道你手中那件物品的存在，又了解我只對公主與管溫解釋過的功能與重要性。」

「王子的手下與護衛已隨王子大舉東巡而去，王子怎敢獨自蟄伏於王畿呢？」

他的聲音既薄且透，很容易就被風聲切斷，就像他身上泛白的鱗片一樣，眼周處已經在風勢中有些脫落，露出乾燥的皮膚。

「您並不是獨自一人啊！德—阿奎亞，」我露出笑意，環視侍衛群。「他們都還瞪著我呢！」

「我絕對不會加害於您，所以您也不用如此諂媚我，稱呼我為王子或是直呼名諱甚麼都好，就是別再以『德』稱呼我，我會感到渾身不自在。」阿奎亞王子說，「娃庭小姐，我很遺憾必須以這種方式邀妳同行，因為妳是我的姊妹正在計畫的一環，我無論如何都必須請妳與我同往東疆。」

他露出十分歉疚的神情，笨拙的向我行了一個禮，然後打開我的潛水背包，將其中一本歷史書拿出來，然後把背包還給我。背包異常的輕盈，我匆匆一瞥，裡面只剩下我的裝備和筆記本。

「難道不能還給我嗎？」我輕聲乞求，同時迅速將王子全身瀏覽一遍。

「請妳原諒我，我知道這個東西等同於妳的性命，只要妳跟我走，到達目的地之後，我會將另外一件一同歸還予您。」

他的裝甲侍衛穿上了鐵騎，他用保持濕度的防護衣裹住自己，坐上鐵騎。另一名與羽族侍衛也將鐵騎穿戴好，在我面前彎下腰來。

「我的史書去哪裡，我人就去哪。」最後我還是爬上鐵騎，認命的說。

「這一刻起，妳便是我的座上賓。」王子莞爾一笑，在風勢中有些淒涼。窗外的天色接近黃昏，吹起向晚的西風。「信差，請你去向我的姊妹通知，我邀請了她的『神之使者』前往東疆小敘。」他對其中一名侍衛說，信差欠身行禮後躍出窗沿，撐開巨翼乘風而去。

「大潮就要來了。」王子目送信差離去的方向，喃喃自語。

當勁冽的西風將一波波滿漲的浪花打上灘頭、在礁岩間擊碎，我們一行人在日月交替的時刻，躍出窗外，朝東方絕壁飛去。

*

我們的行程比正常航行的平均時間還延長了許多，途中必須經常停在湖泊池沼的水源地讓王子暫歇，因為即使莒哈海域的空氣中飽含大量水分，還是會因為海拔的升高而逐漸減少，侍衛們盡力減輕旅途的辛勞，但長程的旅行仍是對王子造成一定程度的耗損，我用示烈巴女王在征戰時保持精力的秘方，以濕土攪和苔蘚敷在王子鱗片脫損的皮膚，也不見成效。除了極端不適的時候外，王子始終保持溫和有禮的風範對待所有人，我很難將他視作劫持者。六個日夜之後的黎明，我們抵達一座依傍高山湖泊而建的小村莊，鐵騎在湖濱降落，已經有人在那裏等著我們。

當我們降落前我就知道，我認識這個村落和山巒，當然還有這座湖泊，我可能比任何人都更熟悉它在朝陽初昇時的模樣，它是我在莒哈海域最懷念的風景。但在這個時刻裡我看不見它，有更讓人驚訝的事物擋在眼前奪取了我的視線，我目不轉睛的盯著深信自己不過是看錯了——在久候於湖濱的那些獸類與鳥的最前方，站立著一個人，那是管溫。

我們騎乘的侍衛收翅降落地面，管溫一個箭步上前攙扶王子跨出鐵騎。我一定也不動，愣愣的看著管溫向王子親暱的問候行禮，招呼人手將王子送進沁涼的湖水裡休養，然後他才注意到我，隨即勾起他一貫的微笑，來到鐵騎旁邊，伸出手想將我扶下鐵騎。

我推開他的手，他沒有顯得太驚訝，仍然帶著笑容。

「你究竟對誰效忠？」我嘶聲問。

「我跟您效忠同樣的對象。」

即便抗拒，他還是輕易的抓住了我，將我抱出鐵騎，背著我的侍衛鬆了口氣直起腰來。

「我效忠的對象不是任何人！」我用耳語抗議。

「聽到您這樣說很高興，」他欠身將我放到地上。「我也一樣。」

管溫謎一般的笑了笑，隨即直起身子，對立於湖畔冷風中的所有人朗聲說：「我摯愛的朋友們，王子阿奎亞如今已平安抵達，還需稍事休息以緩和旅途中的勞頓，若各位熟悉阿奎亞的為人，必定知道他不會希望各位在此吹風受凍。請各位都先回到各自的住所稍事休息，以待稍晚共商要事。」

他轉身握我，用他的獸掌緊緊扣住我的手，堅定的近乎堅決的力量傳來，緩緩的扯著我穿過人群，延著湖濱的石徑往遠離村莊的方向走去。

「娃庭小姐，我想為您，請您與我同往。」管溫說。

「不，我不能相信你。」我同樣堅決的反抗，拉扯自己的臂膀。「公主待你如至親，你卻吃裡扒外。我要我的書！」

「請您相信我，我會讓您知道我這麼做的理由。」

「叫我從何信你？你們為何要帶我到你家族居住的村落？」

「我不要您信我……」他輕聲說。「我要您親歷親聞。」

管溫短暫思索後又邁開步伐，眼前只有初昇的朝陽和緊鄰絕壁的群山，我想我漸漸知道他要帶我去哪裡，我不再掙扎。

他帶我來到遠在村落的對岸，陽光被群山陰影遮蔽的地方，那是一處只有在黃昏日落前的短暫時光裡才能見到太陽的苔原，一尺厚的苔蘚遍布植被未能生長的陰暗環境，從湖濱一路延伸到山巒的深處，彷彿打從開天闢地以來就開始積累，始終未曾增減。這種苔原遍布莒哈海域的所有無光帶中，不只是絕壁高原，他們也生長於陰暗溪谷、陸地邊陲、礁岩石縫間，無論何處生長著的都是同一種苔蘚，這種苔蘚大概與人類的歷史一樣古老，但凡人跡所至之處人類敬畏苔原，列為禁地禁止外人踏足，其實即使是本地住民也從不輕易靠近。

「……因為這是先人之原。」管溫無限神往的眼神說。「先人死亡後成為莒哈，而只有在這裡，我們才得以聽見先人的聲音……」

「……先人通過苔蘚的咽喉呼喚我們，我們僅能通過苔蘚向死亡發聲……」我接著說。苔癬也生長於我進入莒哈海域的通道中，但我不曾聽見它們的歌聲，我多次嘗試將苔蘚攜出海域，卻無法同時擁有它們的生命。當我回過神來時，雙腳已經踏進苔原，我想也沒想一路往山巒的方向涉足而去，直到膝蓋感覺苔蘚的溫度，直到自己跌坐在苔原中，在身後留下一串蜿蜒的足跡。我撲身而入，將頭顱枕在濕漉漉的苔原、貼著耳膜。

管溫不緩不慢的來到我身後，然後他也俯身貼近苔原，讓苔原的水霧蒸潤著他的臉。

「您想聽見誰的聲音，娃庭？」

「應該是由我發問，」我說。「你怎麼能帶我來到這裡？這是禁地。」

「在我的土地上，應該是由我先發問……」管溫平和的反駁，然後從他的包袱裡取出我那本用獸族文字譯寫的史書，放在我的手邊。「我很冒昧的，一直希望能請教您一件事，您所使用的記事符號始終讓我疑惑，您究竟是從哪裡習得？我的意思是，即使是記事符號也會有家族和個人的差異，您用於書寫的符號是來自我的家族，今天若不是我即便翻遍王畿也無人能解……」

我想我感覺到我枕著的苔蘚從濕涼逐漸變得溫熱，我好像枕在滾燙的水窪裡。管溫直起身子，用他憂愁的眼神瞅著我，我努力避開他的視線。

「您和我的高祖父之間發生了甚麼呢？歌者豹回為什麼將家族珍貴的記事方式交給了您，而您為了甚麼要寫下歌謠以外的故事？那些充滿仇恨的故事。」

「我們曾經約定，要將我所知的過去贈與他的子孫。除了我們的約定之外……」我側過身來仰望天空。「我們之間唯一發生過的就是時間，那一年我枕著他美麗的毛皮睡過了整個冬季，他為我吟唱了所有美麗的歌謠、像教導無知孩童那樣耐心教導我，而我以我所擁有的全部回報他……他要求我記述真實的故事別讓他的子孫遺忘，他要求而我就做了，你說是為了甚麼？」

「那年高祖父的髮妻身為前朝御用歌者，依照慣例為新王所殺，而他年幼的兒子又被徵召入宮……他的心中充滿仇恨，他只希望仇恨的野火能將海水煮沸。我會說他是為了毀滅，」管溫靠近了說，「但是我想問的是您，您為的是甚麼？」

「現在換我問問題了！你必須說服我，何以公主如此信任你、視你為左膀友臂，而你還能協助她的政敵脅持我？你究竟站在哪一邊？」

「我自十二歲起便為皇室服務，此外我視公主為莒哈間的日光，阿奎亞為人中的明星，我深愛他們兩人，我從不做會帶來仇恨的選擇。」

管溫堅定的眼神彷彿穿透了我，看見了我心裡掙扎，我不自在的扭過頭去。那本史書一直放在我的手邊，然而我卻不敢伸手去拿。

「我也不是為了仇恨而來，你們誰都不明白歷史，但是史家不會為了仇恨撰寫歷史……當然也不是因為愛或甚麼……我只是想要了解一個問題，為此我花費了我大部分的生命……」我坐起來，雙手握緊自己的膝蓋。「……但是我沒想到會變成這樣，這已經超乎我的預料太多了！我寫下歷史……不是為了做這種事。」

我把臉埋進手心，感覺管溫悄悄的坐到我身邊，他的體溫溫暖了周圍的空氣。

「妳也看出公主打算做的事情了？」管溫帶著淡淡的哀傷說。

「……那只是我的臆測。」我喃喃的說。

「而妳也相信了，那是因為這就是事實……」

「管溫！我不能讓它成為事實！」我倏地抬起頭，出聲打斷他。「你一定要幫助我見王子……！」

「這您可以不用擔心，若是不想見您，阿奎亞又何必特地將您請來此地？」

太陽已經升到了山巒之上，把沉睡的小村莊照亮，這個懸在絕壁邊緣、人跡所至最東疆的村莊，比莒哈海域三百多個城鎮還早迎接晨光，也比任何一座城市擁有更多的日光眷顧。寒冷乾燥的空氣考驗著人們需要水氣的肺葉，若不是有湖泊的調節根本無法生存，在這樣得天獨厚又彷彿被已神所遺忘的嚴苛環境裡，孕育出一代又一代優越的歌者，他們用美麗的嗓音留住王者的一生，然後無名無姓的死去，把生命的所有留在歌裡，留給後世傳唱下去。在這個歌者之村裡，人人都有厚厚的毛皮，只要靠近就能感受到溫暖，人們從清醒的時刻開始為生活高歌，用歌聲喚醒群山；來自山谷的御用歌者站立在苔原之上，加入族人的生活之歌，用歌聲震動湖面。

「生活自夢境延伸
今天的我不是我，是你
明天的你不是你，是我
我們在各自的夢中醒來
過你我的生活
直到夢境在夜幕中現身……」

這不是頌歌，只是從祈禱詞中擷取而出的民歌小調，由管溫清透的嗓音唱來特別美麗，像穿過晨霧的微光……忽然他嗓音一沉，變得渾厚遒勁，從他的喉間溢出的聲音就像幾千個男女老少同時高歌，透過他的雙唇唱出眾人的聲音，我從來沒有聽過這樣的歌聲，那不是一個人的聲音，那個聲音背負著人群。

「管溫，那你在這裡，又聽到誰的聲音呢？」我問。

他有聽見我的問題，但是沒有回答。歌者之村的歌聲在山巒間繚繞、隨風飄遠，沒有停止過。

當陽光抵達西方絕壁的時候，王子在湖中召開了會議，傍晚的高原湖泊異常冰冷晦暗，僅能靠零星的珠貝鑲嵌反射光線。阿奎亞王子麾下將領盡是鳥類還有獸，清一色的年輕氣盛，否則就是久經歷練的沙場老將，還沒見到正值壯盛之年的將領。他們或是憂慮、或是心浮氣躁的和彼此交換情報，又因為寒冷的水溫而顯得異常陰沉。

「王畿那邊的消息說公主已經以叛國罪向王子宣戰了……」

「罪名是？」

「罪名是不敬神諭以及脅持神使意圖謀反。」

「那是兩天前的事，最新消息是公主要求娃提塔以王城守護者的身分支持她東征，被大鵬所拒絕，公主遂率軍包圍娃提塔。」

「王畿方面的兵力初估有多少？」

「貴族間的支持度呢？」

「已有三個家族公開表示支持公主安海慕，其中包括人丁旺盛的沙汀家族，恐怕下一波的消息將會有更多人……」

「真是一群見風使舵的傢伙！」

「但是也有一部分人不相信公主所宣稱的，娃提的使者已在立儲儀式上現身加持……」

「只要公主說不知道娃提聖名……咱們就還不用擔心。」

「……大……鵬不會鬆口的。」一個年輕將領胸有成竹的表示。「何況真正的使者在我們這邊！勝負已定！對吧！」

他的發言不知為何引來一陣訕笑，但所有人的視線都不約而同聚集到我身上。

「我的手足與摯友，請先讓我與她獨處片刻。」王子抬手輕輕的畫開水流。「很抱歉必須請各位先行迴避了！」

待至眾人盡皆離去，王子起身取來我的史書，出乎意料在我面前擱下，我肯定是狐疑的看著他，因為他削瘦的臉龐上浮現了一絲笑意，雖然他的神情認真，但是他的確因為歉疚與羞赧而不自在的笑著。

「它本就屬於妳，我無權將它取走。」順著王子的視線看去，管溫游了進來，將另外一本厚重的史書疊上去。「我們很遺憾做出這樣的事，不敢請求妳的原諒，更不敢將它繼續扣留。請妳拿回去吧！我不再需要了。」

我馬上將它們拉近身邊、扣在臂彎裡。「如果你想要，我可以把只有國王登基時才會從祭司那得知的『娃提聖名』告訴你。我雖然並不是娃提的使者，但是。我不像你們一樣受這個名字所限制，所以可以輕易說出口，你們的德示烈巴讚歌裡也有提過吧？母獸為示烈巴女王竊得娃提聖名，藉此掌握勝利的關鍵……」我頓了頓，不可置信的對王子說，「但是這不是您的目的吧？」

「在我的摯友與湖面之下，我願與妳坦承。」王子垂下雙眼，直視著我。「我是不行的，就算我的姊妹怎麼樣百般的把我視為假想敵，如此行將就木的我，都不能為王的。」

「但是我聽聞你不只是民心所向，還得到貴族間不論親疏的擁戴，甚至是娃提塔的支持……你是『仁慈的』阿奎亞耶！」

「沒有錯，但是德琳罕莫家族從來沒有甚麼『仁慈的』人，德琳罕莫家族只能出現『弒君者』，我連相貌都不屬於家族，明明打從同一個娘胎出生的呢……」他溫柔的笑著說，「妳知道嗎？仁慈的背後就是受旁系甚至是握有權力的其他家族所箝制。我不敢想像若我為王要如何承受家族王朝在我腳下被蠶食傾覆……

但是我的姊妹不一樣，她從小就懂得一定程度的權謀與狡詐，卻仍保有善良得天性。她就像先人的樣子，即使不是深受期待的孩子。」

「所以你是支持她的？你們都是？」我皺起眉頭，「但是你卻把我帶來東陲？」

「若非她打算做出那樣的事來，我絕不會這樣行動！妳知道她在計畫什麼……我的姊妹安海慕，她想策動的是一場從天到海的戰爭……」王子露出焦急的神情，把他透明的嗓子都喊啞了。

「……這個想法肯定在她心中盤旋已久，妳的到來恰恰給了她付諸行動的機會，她這一步錯得離譜，她不知道這麼做的後果！」

「既然如此你為什麼不宣布放棄王位？公主也不需要走這一步，更不會把我捲入你們的遊戲！我並不支持你們任何一方啊！」

「我也不希望妳捲入這件事，她一向對於獸族懷抱敬佩與喜愛，她希望得到獸族的支持以抵抗我的背後勢力，而妳出現，帶來關於歷代皇室如何屠殺歌者、鎮壓邊境動亂的故事……正符合她的需求，她想鞭策族群的仇恨卻沒想過無法收韁……」他一憤怒起來，原本接近透明的鰭肢竟變成燦爛的橙紅色，在水中搖晃發光。「我多麼希望妳不曾在那個時間那個地點出現在我們面前……妳說妳不來自這片莒哈之間？這是甚麼藉口？從出現在我們面前的那一刻起，妳就已經身在其中！」

太陽終於完全沉入西側山壁之下，湖泊中設備簡樸的環境僅能依稀反映月光，水中的世界幾乎是完全黑暗了。湖水原本就是沉靜的，這時卻彷彿已經靜止了，沒有被水波扭曲的視線能夠清楚看見人臉上真實的表情。管溫立在角落像一截水草，王子阿奎亞仍然居高臨下俯視著我，月光照耀他的臉龐，為凹陷處塗上深色的陰影。

我突然間意識到自己確實已經退無可退，我無法回到我最初來到的地方，就沒辦法找到連結外面的通道，我若逃亡將受海域間所有人的追捕通緝，而我同樣也不能一走了之，將我的責任拋之腦後，任歲月在我不在的時間裡解決一切。這一次，我真的動搖了他們的世界。

「……難道非得選擇戰爭不可嗎？」

「公主要坐穩王座，一場真正的戰爭是必要的。」管溫忽然開口。

王子和我一樣吃了一驚，激動充血的鰭肢漸漸褪回原本的透明無色，他從方才劍拔弩張的情緒中鬆脫，力量從他的生命中流失了，只剩下病弱寄居在他的身體裡面。

「他說得對，我和她自出生就注定要兵戎相見，這是一場早該在母親的子宮中完成的戰爭，這是我們的命運，我們誰也沒有逃避……王權必須爭奪，否則無法長治久安，」王子不勝水波的衝擊而坐了下來，他氣若游絲，雙眼卻炯炯有神，「我所能做的是，在戰場上和她相遇，然後獻上我的死亡為勝利祝福。」

「王子阿奎亞，你沒有想過和公主兩人，兄妹一起治理國家嗎？」我仍然掙扎說。

他的眼睛露出笑意，好像聽到了十分無知可愛的話語。

「我親愛的朋友，這在妳來的地方或許可行，」他誠摯的握住我的手，「但在我們的莒哈之間，戰爭是最強的力量。」

「不對，」我說，「戰爭不是在莒哈之間最強的力量。還有能夠凌駕在一切之上的，她懂得去使用，而你們卻忘了。」

管溫不聲不響的從角落挨近，王子抬起了頭，臉上升起一抹生氣，多的是基於修養的忍耐和些微的好奇。

「如果你當我是朋友，這次相信我。戰爭看來是非打不可了，但是我想我有辦法讓戰爭消停……」我咬了咬牙，將所有顧慮拋諸腦後，「讓女子來應對女子。請您在揮軍西去的同時帶我同往。」

＊

流言隨著王子率軍逐日南下，在街口巷尾、城市與城市之間流傳，流浪歌者演唱著王子飭令的內容、為之譜曲，將王子脅持了娃提派至地面的使者，以要脅公主和談的消息，傳到軍旅未及的城市，不少人開始義憤填膺的談論，一向溫文儒雅的王子露出本貌，竟為了爭權不惜背棄神；在軍隊駐紮過的城鎮中，則相互傳說有人看見神使的模樣，有說神使是獸的外型、說是水族的也有，皮膚是深藍色的、也有說是橙色，又有像獸的短短毛髮覆蓋頭頂，甚至有說長角、背殼的。但是更多的是對於神使的存在滿腹狐疑的人，認為不過是王室的陰謀罷了！一切的疑慮就在公主下令在娃提塔布軍之後塵埃落定，公主公開宣布接受王子的條件、在娃提塔頂相約議和。懷疑的人也都不甘願的信了。

時間訂在黎明時分，娃提塔四周走得了的都走了，不能走的也都往近郊躲避，一向熱鬧的王畿彷彿空城。無論是軍隊還是百姓皆瞳瞳終夜，在這麼樣的寂靜中，誰也無法安歇。

我屏息瞭望山崗，直到啟明星將天空渲染漸亮，才緩緩吁出一口長氣。我的氣息在空氣中凝鍊為一股白煙，融入冬日朝來海面上的霧氣中。

「是時候該啟程了。」王子阿奎亞從營帳中走出來，在寒風中劇烈的咳嗽哮喘著。

「是時候該啟程了。」我回答他。

我背起我的潛水背包全付家當，攙著王子來到營寨中央的廣場，全軍將帥和王子的白羽近衛已經等在那裏，名近衛都已穿戴好鐵騎，面容凝重、整裝待發。還有管溫，也像是沒睡過一般，垂手默立於近衛身旁，看見我們走近隨即迎上前，接手將王子抱上他的鐵騎。

「雪山先生傳來消息，說被公主監禁在娃提塔的祭司大鵬，在天明時脫逃了，還沒有人找到他的下落。」管溫順勢覆在王子耳際低聲說。

我聽在耳裡，爬上我的鐵騎，腦中浮現我居住了七天的娃提塔黑牢，那裏有擔任守衛的祭司學徒不分日夜看守，我想不出任何可以逃脫的方法。

「是時候該啟程了。」待管溫坐上鐵騎，王子又說了一次。然後他扭頭看我，初昇的陽光在他腦後，他對我說：「或許等等沒有機會了，我在此與妳永別。」

「我在此與你永別。」我簡單的行禮道別。

然後我們就此啟程，在空中排成一線，遠離王子軍隊駐紮的海岸。沒有載人的近衛一個在下、一個在後來回逡巡，當我們飛過黎明的靛藍色青空，千千萬萬雙眼睛正在地上、在窗口引頸仰望，這是一個永恆的時刻，我可以想見後人將如何傳唱這一天發生的種種。我的耳朵聽見快速的心跳聲，勁風吹不涼發熱的面頰。

遠遠的我看見公主臨風站立在娃提塔的城垛上，她沒有倚靠任何東西四平八穩的站著，黎明的日光照耀她豐滿的臉龐，她的五官遠比我印象中的更加劍拔弩張，下頜微微揚起，仰望的視線端正肅穆、沒有悲歡。我們降落，我們有三個人外加五名近衛，而她獨自前來，身邊只有兩名娃提塔的守衛，我卻覺得畏懼，畏懼她帶著獠牙的眼神。

「歡迎回來，兄長。」她簡單欠身行禮，然後她的視線輪流在我們臉上、身上停留幾秒。

「是時候我倆要個了斷了，所有人都看著呢！」

「是時候了，我的姊妹，妳要的是甚麼？」

「我要取回所有你自我身邊劫掠的一切，歌者屬於皇家、女子屬於我。」

「把他們押過來。」王子一聲令下，兩位白羽侍衛就把我和管溫押解落地，按在王子腳邊。

「那你要的是什麼呢？我的兄長。」

「我要妳停止妳準備做的一切，得到天下人心有很多種方法，有比戰爭更有效的方法，不要輕易煽動仇恨，那會使妳的國家四分五裂……」

「哦？既然如此，那你要拿什麼來換？」公主露出桀驁的神情，沉聲說。

「我願歸還妳所要求的一切，我將放棄競逐王位，我願幫助妳紮穩根基、獲得天下人心還有貴族的支持，我願獻上我所有一切包括此生……」王子的身體在搖晃但聲音卻堅定不移。「安海慕，我的同血姊妹，我只求妳不要以獸族的仇恨制衡敵對的貴族，仇恨是野火，燒燬敵人終究自焚……我有令那些人心悅誠服的方法。」

公主一瞬間睜圓了雙眼，然後不露痕跡的掩飾過去，她用銳利的眼神點了點王子的近衛們。

「你要和我談判，至少你我立場必須對等。」她說，「讓拿出你的誠意，兄長。」

王子點了點頭，從鐵騎背上緩緩爬下來，用眼神示意近衛離開。白羽近衛回以狐疑的眼神，終究還是不敵王子的堅持，張開雙翅從城垛上一一飛出去，在不近不遠的高空盤旋。公主同樣將身邊的兩名小侍衛支開，那是絨毛未蛻的小鳥，臨走前還不知天高地厚的窺探著。

「告訴我，你能怎麼做？」公主說，盯著王子勉強的用手扶著城垛站立。「其實你甚麼也不能做，對不對？就像你一直以來一樣……」

「他是不能做，但我可以。只有一個力量能夠弭平所有猜度和對立，那就是信仰！」我大膽的站起來，寒風吹過我的頭頂。「那就是我，讓我來做，我是娃提派到人間的使者！讓我為您加冕。」

「不，妳不是。妳說妳不是。」公主遲疑的反駁我。

「我的確不是，但是你們都說我是，所以那就是我。」我說，「即使不透過我的史書，我也能夠幫助您。」

「但是……那些獸能怎麼辦？他們有權知道生命的真相，他們不應該理所當然的生而為奴！他們同樣應該享有族群的尊嚴，難道不該讓他們奪回來嗎？」她看向管溫，管溫也回望著她。

「我只知道真相永遠比不上生命，您希望賜與的力量是以仇恨為動力那必以死亡作結。」管溫深深的望著公主的雙眼。「要有生命才能談論尊嚴，我希望尊嚴是由您餽贈的禮物，而非爭奪之下的戰利。」

公主沒有眼瞼的雙眼盛滿淚液，不過水族人在陸地上本來就會這樣保持身體的濕潤，我也分不清楚。

「我是曾竊取聖名的御前母獸，我可以為您加冕……請您站到這邊來，讓人們能清楚看見您。而我也是神使，讓我為您昭告天下！」最後我還是顫巍巍的爬上城垛，搖搖晃晃直起身體。

我搖晃在冷風中，雙手伸向天穹，在我無法看清的地面上，還有數不盡的眼睛正瞭望我。尚未飛出城垛的最後一名鐵騎振翅落入無邊的空氣裡，俐落的翻身接近讓我能爬上他的後背，我乘著他在娃提塔四周盤旋、俯衝墜落、吸引視線，感覺連空氣都溫暖起來，風中混合著乾燥的熱氣。

『美麗的生命！美麗的莒哈！我是娃提腿中流出的肉、骨、血，為了娃提的兒女，我從海面升起，這是為了阻止戰亂和弒殺手足的事使娃提心痛，娃提要使德琳罕莫家的幼女做莒哈間的王，凡是有生命的要聽她差遣，順服者將同享榮耀，謀逆的要遭遇責罰……僅以娃提之名，我將娃提的聖名授予德琳罕莫家的幼女安海慕，你們要敬她為你們的王，因她是莒哈間唯一足以匹配與娃提真名相稱之人！安海慕——』我用盡我的全力、以我最大的肺活量向地上的萬民宣達，『將聖名烙入妳的舌尖，讚美偉大的雙身魚神——莒哈提娃提。』

在我大喊出聖名的同時，有另一聲嘶吼從娃提塔上炸裂開來，淒慘的哀嚎來自幼鳥喉間的啁啾，我回頭一看，整個娃提塔滲出一縷一縷濃煙，有些窗子被砸破，羽族的年輕人擠出窗口卻直接墜海，他們雙翅上的羽毛只剩焦黑的羽管。城垛上，方才被支開的兩個小侍衛渾身著火的跌出來，他們痛苦的哀嚎滿地打滾，但是在他們背後，嘶吼不曾停止。那是大鵬，從內殿衝出來，背負著火焰被燒灼的焦黑難辨，不斷從斷裂的鳥喙中發出令人血液凝固的怒吼。

「不——收回妳的話！邪惡的冒牌貨，阿奎亞王子才是真正的繼承人，我絕不會讓妳竄改娃提的神諭！我的生命將娃提的怒火點燃，你們這些叛教者，一個也逃不掉！為娃提繳出生命罷！」

他瘋狂的嘶吼著，左眼顯然已經被濃煙燻瞎，但是他淌血的右眼仍然看到了公主。發出一聲怪笑的時間裡，他已向公主撲過去。

「我不會讓妳這個小妖婦說出那名字——」

「不！我們快回去……」

不待我說，鐵騎侍衛已經迅速回頭用最快的速度俯衝過去，公主無法閃躲，挺屍似的站著不動——王子想要跑過去，卻無力的摔在地上喘氣，我用最快速度衝刺，仍然有一段距離——在大鵬碰到公主之前，管溫從後方撲上來，一口咬在他的咽喉，我和白羽鐵騎衝入城垛，我被巨大的震盪摔在地上，鐵騎侍衛瞬間將爪上的鐵距埋入他的胸膛，然後一撲翅將它扔出去。大鵬面目全非的屍首越過城垛消失了，火也迅速燃燒起來，將我們困在裡面。

白羽鐵騎們在空中焦急的盤旋，不斷試圖靠近，但是火舌形成一道牆狺狺挑釁，他們無法冒失去飛羽的風險穿越，只能不斷發出悲鳴。

「再這樣下去氧氣會用光的！整座塔都著火了，我們若不趕快離開，不是被燒死就是被摔死！」我一邊說一邊從地上爬起來，迅速為鐵騎檢察羽翼，「他的翅膀好好的，沒有事……」

「您要我們衝出火堆？」管溫問我。他正壓低身體貼近地面，半邊面部被大鵬背上的火焰灼傷，正細細滲血。

「只有這個方法！只能從這裡離開。」我喘著氣，貼在侍衛的耳邊大吼。「你能拿掉鐵騎，同時帶上王子和公主離開嗎？」

侍衛固執的向我堅持他能帶上所有人。

「不可能，我要你從這個上方離開，你要有氣力一搏就搏出去！不可能帶上所有人！」我怒吼。「快一點！」

管溫抱起公主，我過去拉起王子，他比我想像中的輕盈許多。然後管溫將公主放到侍衛背上，又轉身抱王子，卻發現公主滑落地面，水族在陸地上的氣力不比水中，現在又在乾燥的熱氣灼燒下早已氣若游絲，拆下鐵騎根本無法停留在鳥背上。我還來不及說些甚麼，管溫就已經放下王子，迅速抱起公主，騎到了鳥背上。

「我對你不起。」他只說了這麼一句話。

「我在此與你永別。」王子說。他們摩擦鼻頭，用獸之間最親暱的行為道別，然後管溫抓緊了侍衛的頸項，鳥奮力一搏射入高空，四周火焰順著風勢竄升，卻沒有搆著他們，最後一眼，我看見管溫用身體為公主抵擋火焰，而公主不斷哭喊著什麼，被風聲切斷聽不清楚。

「就剩你我了。」我瞬間失去方向，腦筋一片空白。

「快點，妳必須快點去……」王子的聲音傳入耳中，「妳不是說回去的通道會在同樣的地方嗎？若是內殿被焚毀，妳就回不去了。」

「可是……」我清醒過來，忽然無法抉擇。「可是我……」

「我已是行將就木的人了！」王子對我大喊，「別讓對於已逝之物無法自制的緬懷將妳毀滅！」

火舌竄高，地基開始動搖，我一個箭步起身，測量門邊的火焰，硬著頭皮撞過去，衝往燠熱即將塌毀的內殿，神座使用的木質相較堅固，屹立不搖。我拍打著周邊的空氣，總算找到通道的出口，那裏傳來對著風扇說話的隆隆聲。四周開始傳來傾塌的聲響，我迅速拉開背包要找蹼鞋，我所撰寫的那兩本史書赫然出現。

搖曳的火舌和濃煙扭曲空氣，門的另一邊在城垛上，原本連站都站不穩的王子阿奎亞不知何時已自己站了起來，搖搖晃晃的走進火焰之中，他沒有哀鳴、沒有掙扎，他張開雙臂以環抱全世界的姿態，站到城垛上，迎接自己的死亡。

我又看了史書一眼，然後把它們抽出來扔進火堆裡。

「對於已逝之物無法自制的緬懷足以毀滅世界。」我的嘴巴喃喃自語，不是我自己，而是有人透過我口說話。

我的身體就穿越通道了。

*

於是我沿著隧道的水溝一直走，牆上有潮濕的苔蘚，我聽到什麼聲音在呼喚我，從我所背離的方向，從洞穴深處，呼喚我，叫我的名字。是苔蘚。是他透過苔蘚的咽喉哽咽著我的名字，苔蘚只能轉述已逝之人的語言，他和他們，眾多已逝之人和我曾愛過的生命，都化成了苔蘚。它們呼喚著我的聲音，像是無形的觸手牽繫著我，即使摀住上耳朵也還能聽見，將我的五臟六腑掏空。我索性蹲下來，開始嘔吐一般的哭泣。轉瞬間就都是已逝的人了，即使我馬上回頭，再次進入也是百年後的時空，他們都死了，而一代一代的人始終活著，無關愛恨。

歌謠還是會唱下去的，但是發生在峽海東西兩岸間的歷史，若能忘卻，最好還是就遺忘罷……

THE END

第一屆・優選

〈狐狸城〉

江尋

作者簡介／江尋

世新大學數位愛文芒果設計學系畢，現職為秋刀魚。

最近的煩惱是不想動，最近發生的特別開心的事情是發現每工作五天就有兩天可以躺在家裡動也不動，如果可以隨便許一個願的話希望快點世界末日。

我的故鄉是個很小很小的地方。

銀鼠灰的小鎮建在與沼澤相連的原野中間，紫色草葉淹沒在漫天濃霧裡。在這裡，土壤踩下去會發出滋的一聲溢出水來，所有的居民都踩在泥與水花裡生活，等到他們年老時，骨頭都爛掉了，被水和濕氣泡壞的關節會嘎滋嘎滋的打顫。

最後死掉的老先生老太太會沉進沼澤裡，屍體啵啵啵的化成泥巴和更多的水，子孫們又浸在那些水裡，等待著幾十年後沼澤泡壞他們的關節。

從我奶奶的奶奶那個時代開始——噢，或許是更久以前，但誰也不記得啊——只有搖著玲瑯溜滴溜轉的小販會到這裡來，他們會不遠千里的跋涉到這座小鎮，腳浸在水裡拖了層皮、小腿黏滿深紫色如吸食了夢境的水蛭，將我們從沼澤裡挖出的琉璃珠子帶走，然後給我們藥品或者針線絲綢。

為了換到銀色如雨天的絲線、和橙黃如霧裡朝日的棉布，從奶奶的奶奶那一代開始，所有的小孩在能進沼澤裡打獵之前，都必須在泥窪與紫色長草間掏摸不停，將那些渾圓的、閃著金色或深藍色光芒的琉璃珠子打撈出來。

我們從不知道那些琉璃珠子從何出現，它們是從哪裡誕生的、被什麼人創造出來的，從來沒有任何一個居民想加以調查，從我奶奶的奶奶那個時代開始，都是這樣。

我七歲的時候，已經是這座小鎮裡最會找琉璃珠的小孩了。

或許是因為喜歡上那個來村裡的外地小販，我比其他孩子找的都勤。當那個頸子上貼著刺繡圓衣領、胸前纏繞著銀鍊和玉飾、身穿外地服飾的男人到村口時，我會遠遠眺望著，爬上村裡唯一一棵老槐樹，每半年會有那麼一天，他會揹著銀色如雨天的絲線、和橙黃如霧裡朝日的棉布來到這裡。而我捧著幾乎要滿出手心的珠子看著他，像要把他跟我一起化為沼澤裡交纏的長草一樣望著。

不過那個男人總是給我一個成年人會看著小孩的那種溫暖笑容，那不是我要的東西。

請用熱血一樣滾燙的眼神看著我吧，大人、帶我走吧！大人。我在常常蹲在長草與月光織成的密網裡這樣祈禱著。

一直到我十三歲時，已經沒人能找到比我更多的珠子了，我就像水蛇吞噬野雁產在草叢裡的蛋那樣，將手插進泥裡，各種顏色祖先靈魂一般的琉璃珠就會自動湧進手心跟衣袖。

比起那個來自外地的小販，更想將我當作新娘的似乎是這座廣大無邊的紫色沼澤。

而隨著我一年一年抽高，好奇心也逐漸改變我單純的心智。

那個男人從哪樣的地方到來？他的故鄉也沉在水裡嗎？他說的晴天是什麼？什麼是星星？還有，這座沼澤的琉璃珠是誰留下的呢？

我想那個男人或許是知道這些事的，我該去問問他。而當時的我這麼覺得：反正我必定得成為這個人的新娘，不如跟著他去他的故鄉吧！幫他母親洗淨沾滿泥濘的腳背，幫他的父親擦去濺在衣袖上的泥點，順便問問那些積聚在我心中、幾乎也要變成泥沼的眾多疑問。

我坐在老槐樹上，等那個小販揹著沉重、裝滿琉璃珠的行囊離開後，我半蹲進沼澤裡，膝蓋壓在冰冷濕潤的軟泥中，手指掐著長草跟了上去。

男人在泥沼中行走，像走在母親髮絲那樣，草又滑又濃密，將原野裡的一切編織起來。

霧氣如同珠子的表面那樣冰冷、那樣滑順，它就像一只憂鬱的水鳥，飛向我身後的家園。

在我們之前有多長久的時間，從無限遙遠的奶奶的時代開始，從來沒有一個女孩想跟著一個陌生男人離開。

我突然體會到我與居民巨大的差異，他們如紫色霧裡的鬼魂一樣，他們如霧一般來來去去、獵那些霧裡的水蛇或鵪鶉、雁鴨或細長扁平的銀鱗小魚，他們坐在高角屋裡、睡在長草編織的席墊上，他們在沼澤裡出生、在泥水中老死，他們從來不曾思囑過任何一絲與自身存在相關的問題。

這村子像一種自然現象一樣，並沒有自我意識。

除了我。

我覺得我是特別的。

我跟著那個男人摸在泥沼之中，如果不是我早已渾身濕透，現在的我背後一定滿身冒著冷汗吧？

在我前面的男人迅速撥開長草移動著，他筆直修長的腳往前邁進，步伐穩健，像白鷺鷥一樣優雅自持，而紫色的草就像傾慕的少女一樣，輕輕軟倒又擺回原樣。

然而我周遭的草就像夜色籠罩原野那樣，覆上我的脊背，緊緊攀黏，像水蛇吞噬褐斑鳥蛋一樣懾人。

我越是撥開草，草越是像我湧來，源源不絕如泉如水。有如原野伸出雙手將我向後撥。漸漸的我淹沒在濃霧與泥沼中，雙腳陷進一點都不踏實的軟泥中，身體絆在草葉間，銳利的邊緣劃開臉頰，霧一樣濃稠的鮮血湧出，嚐起來是泥沼和琉璃珠的氣味。

那個男人消失在濃霧裡，而我故鄉的位置也一同被我自己遺忘。

從出生以來第一次的，我驚慌起來。

在這原野丟失方向的話，要不了多久就會化為沼澤裡的泥漿吧？

我森白細瘦的骨骼要是就這樣在泥沼裡琢磨成圓，會變得像是質量差勁的珠子，被棄置在蚌殼與水鳥死屍之間吧？

我驚慌地四處尋找，卻沒有半點收穫。

漸漸入夜，我走在深紫色薄光下，幾乎要嚇壞了。

這時在原野裡、像從眼前又像自世界盡頭傳來一般，響起陣陣搖鈴聲。那鈴響忽遠忽近，像有陣陣祝禱伴隨一樣，有穩定的規律和節奏。

空曠的原野裡傳來歌聲。

我抬起頭，取代不知不覺消失的天色出現的是，一球一球暖橙色的光暈，等到那些光球撥開夜霧逼近後，我可以清楚的辨認到那些光芒屬於一盞盞球形紙燈籠。

紙燈籠被串了起來，一排又一排，掛在高聳的城帷上，琉璃瓦片堆疊鋪蓋，大紅色樑柱撐起宅院，曲折宛轉的迴廊繞著建築物外圍，而那些房舍的精巧程度超過我和祖先們所有的夢境及想像。

我瞠目結舌，嚇得差點沒昏了過去。

那城緩緩蠕動起來，燈籠晃蕩，宮牆散開又併攏，屋舍間傳出潮水一般的鼓聲和搖鈴聲響，幾乎使人瘋狂，這所有的事就像一首我沒聽過的輝煌歌曲那樣叫人心醉。等到一切變動都止歇之後，我的眼前出現一道華美非凡的木製大門，門釘又大又亮，流轉著新拭過的金屬輝光。

我張大嘴，說不出話，很長一段時間裡我就只是坐在泥沼裡，但那搖鈴聲從來沒停過。

來喲、來喲，客人呀、女孩呀！浸在泥水裡的小花呀！來喲！

裡頭傳來這樣的邀請，不過實際上沒有任何人這樣傾吐出招呼的話語，那邀約直接來到了我的心中，在我的腦海裡迴盪不止。

來喲！金色蟠龍說著，張嘴有如巨大無比的泥鰻。

來吃雪花糕喲！紅燈籠成排搖曳彷若水中綻開的鮮血。

來躺在暖烘烘的錦被床上成為新娘喲！每一根樑柱都朝我招著手。

我為什麼需要猶豫呢？

最後我下定決心，抓住比我腦袋還大的門還使勁叩了叩，那座宅邸就回應著我的詢問，自動開啟了。

我走進他的宅院，前庭掛著金紅二色紡織而成的布幔，幾只並排的大瓷盤如沼澤裡的白骨般皎潔，屏風上畫著富麗堂皇的宮廷景象，在庭院偏旁有個小門，垂著珠簾，通往檜木迴廊。

我看著這不同凡響的排檔，心想這就是那位商人的居所吧？

大人，我心裡呢喃著，我的大人。

或許等會兒，搖著金色鈴鐺的仕女就會魚貫而出，將嫣紅色的半透明絲帶繫上我的髮間，將白銀髮簪和白玉腰帶放到我的身上。而再過一會兒，有人會將我帶往堆放滿滿一個露臺的抱枕堆裡，我與我的新郎會終日啜飲庭院果樹和清泉釀的美酒，在這座宅邸終老。

不過這僅止於想像。

我滿身泥濘，髮上沾黏著長草剝落的碎屑，遍布破洞和髒污的舊衣服非灰及棕。再見到他之前，我至少應該把臉清洗乾淨。

如此想著，我離開那座金光閃閃的前庭，走進迴廊裡尋找應該在園林中的泉水。

然而迴廊蜿蜒像不會有終結，我在途中經過連綿不絕的屋舍及廂房，它們薄薄的紙門裡透著暈黃的光，觥籌交錯，如夢似幻。搖鈴聲、祝禱聲、笑語和青瓷酒杯敲擊的聲響不絕於耳。人影在紙窗上晃動，我為了加入那場宴會幾乎在長廊上奔跑了起來。

金枝玉葉的假樹在紙門上刻劃出形象優美的樹影，白石雕琢的假鶴立於廊外，低垂的頸弧度柔軟。

我穿過它們。

光影漸漸稀疏，等我注意到時，我已經順著迴廊往上爬到宅邸高處了。夜風混合著霧靄颸來，我的父親與母親此刻約莫已墜入夢鄉，很難想像這座宅邸會建在這座潮濕多霧的原野上。

我向外望去，卻看到另一件令我驚訝萬分的事，燈籠火光照耀的原野景色不斷向後退，長草往兩邊被撥開，這座城自己在動，以近乎奔馳的速度往某個不知名的方向移動著，而我認知裡的泉水聲，其實是這座宅邸踩濺泥沼的聲響。

這城跑著、向何處跑著？為何而跑著？我為此訝異不已。

而正疑惑著，我已經走到這一方向的迴廊尾聲，轉了彎換了個角度，宅邸的另一面露出，更多的樓閣映入眼簾，巍峨假山和燦金色的松樹穿插其中，優雅地金色瀑布自其假山流下，澆灌在下層琉璃瓦的房舍上，激起一片光霧，一道金色的虹自其中冒出，淋在更下層的圓石子小徑上。

我往下探去，卻看到一隻巨大的野獸駝著這建築群，是一只紅狐狸。牠的一隻眼睛比我家的房子還大。巨大的獸足踩在沼澤裡，壓出一個個那些我們村民時常跌入的深水坑。

我嘆為觀止，心裡怎樣也不明白這樣的巨獸是從何產生，這座宅邸、或者說這個小巧而精緻無比的仙境，被馱負在這樣的怪物狐狸上頭，這已經超過所有我曾從商人那聽到的故事了。

這是夢境嗎？我伸出胳膊就咬，但直到細細的血痕順著手臂留下，我仍沒辦法從這樣的景象裡脫離。

如果這不是夢，我實在無法解釋我身在哪裡。

「啊！妳在那裏做什麼？」一個尖細刺耳的聲音說道。

我猛然轉身，在那迴廊的盡頭出現一道門，一只巨大的琥珀鼠揭開珠簾好像要走出來，卻正巧發現了我。

那是一只衣著華麗的琥珀鼠，有著凌厲狡黠的眼睛和長而濃密的鬍鬚，跟我一樣高。

青玉一樣的眼睛，圈在柔軟如絲緞的琥珀色毛皮下，像極了手工精製的標本。

「我是來這裡是為了成為沼澤商人的新娘啊！」我已經無法對說人話的琥珀鼠顯現出半點訝異之情，只用著我最有朝氣的語氣回答牠，因為我還是希望對下僕表現出應有的威儀。

「妳想成為沼澤商人的新娘？憑妳這髒兮兮的小灰鼠？」琥珀鼠皺眉，語氣充滿輕視。而我沉默不語，這可能讓牠覺得很尷尬，牠尖聲說道：「妳的手是怎樣？快快進來，我給妳好好包紮起來，要是血滴進食物裡，東西就不能吃了！」

對喔，我的手被長草劃開了。

另外，我可能被當成是廚房裡的女傭了。儘管如此，能在這座宅邸的廚房裡當女僕，想來也還是不錯的。我默默跟著琥珀鼠走進珠簾裡側。

在裡頭是四面宅院中間的天井，幾個甕放在天井中，盛接自屋簷下滴落的金雨滴，天井內十分幽暗，一盞紙燈籠也沒有，但窗櫺的縫隙間繫著幾只風鈴，隨著自暗室中吹來的冷風叮叮咚咚地響著。

「別愣在那兒，快過來！」琥珀鼠厲聲喝斥，我只好繼續邁開腳步跟牠前進。

我們走進屋子裡，黑暗中充滿橫衝直撞的風，像被馴養在這房子裡一樣，迂迴著打轉不停，我穿過那些活蹦亂跳的風，覺得它們像人的靈魂一樣濕滑刺骨，現在想起來，或許那些東西真的是人的靈魂也說不定。

琥珀鼠推開房間角落的一扇門，我走了出去，幾陣風跟了出來，又被不知名的力量拖了回去。

「牠們把眷養風的居所建在通往後院的道路上，每天都有風偷溜出來，叫人不勝其擾。」琥珀鼠向我解釋。又來到迴廊上，琥珀鼠帶我轉進一條叉路，幾階石梯向下後來到一處小小的園林，園林裡小山流水，金色浮萍在清澈的水隨波動緩緩的晃呀晃，長著人類面孔的鯉魚在池底悄聲交談，話題是桃樹上掛著的金翅雀究竟有幾隻眼睛。

我抬頭向樹影間看去，只看到小巧的金色翅膀鑲嵌在許多眼睛組成的葡萄狀團塊上。怎麼看都不像什麼金翅雀哪！

「是七隻嗎？」

「是九隻嗎？」

「難道是九百隻？」

「有九百隻眼睛的，是我們呀啊！」有著老爺爺臉的鯉魚咧開嘴，腥紅色牽著血管的眼球從他嘴巴湧出，啵嘰啵嘰的在水面浮浮沉沉，老爺爺鯉魚們哈哈大笑，那只金翅雀受到叨擾，拍著翅膀帶著牠的眼珠子飛走了。

當下我低頭，裝作沒看到，什麼也沒看到，默默地、安分地跟著琥珀鼠走進園林深處，我想這隻琥珀鼠既然把我當作宅邸的一員，總歸是不會對我怎樣吧？

琥珀鼠咿呀地推開八角樓閣的雕花門扉，黑暗裡傳出很多布料的摩擦聲，然後是布料被扯開的聲音，有男人跟女人的笑聲從暗處傳來，夾雜著一些奇怪的呼吸聲，有人發出小小的哀鳴聲，咿咿呀呀的，後來又有人在哭，斷斷續續的，太黑了、分不清楚是誰發出了這些聲音。

琥珀鼠從寬大的袖子拿出燭台，一吹氣，火星子自牠嘴裡飛出，暈黃的燭光點亮室內。房間裡堆放著許許多多斑駁的石製神像，祂們肅穆莊嚴，沒人在哭、沒人在笑。

琥珀鼠領著我又穿過那些神像，往樓上走去，這座樓閣的階梯好陡，有好幾次我都以為自己會滑下來，壓在那些神像上。不過最終我還是跟著牠到了上一層的房間裡，這房間同樣堆放著神像，祂們肅穆莊嚴，沒人在哭、沒人在笑。

我們連爬了好幾層，燭光照到的地方是神像，肅穆莊嚴、一絲不苟，但一離開那一層的房間，下方隱隱約約傳來的又是那種奇怪互動的輕聲軟語。我試著不去想那些事情，可最終還是忍不住問琥珀鼠他們是什麼，我想一個呆頭呆腦的小女傭問這種問題不為過吧？

琥珀鼠冷哼道：「那些東西是『人性』。」

我說我不懂牠說的詞彙，『人性』？

牠冷淡地回答我。「你不需要知道這些。」

我聳肩，還是乖乖跟著牠。

到頭了，頂樓總算沒再出現神像了，只放著一個巨大的多寶盒，像好幾個五斗櫃並排在一起一樣。牠拉開多寶盒其中一個側邊的木遮罩，掀開有一扇黃銅打磨到光亮的鏡子，鏡子裡映照著我還有牠，此外幽暗的房間景色消失了，只有我們和那只超大的櫃子，在一口古井的旁邊，古井不斷冒出水霧，看起來十分涼爽。琥珀鼠俐落的探入鏡中，拉開其中一個用硨磲做了裝飾的櫃子，「進去啊！」牠催促。

我跟牠一起跳進櫃子裡，在進入櫃子的剎那，世界翻轉了一下，我在應該是側面的地方站著，銅鏡外的地面在我身後，因此我看起來比起掉進櫃子，更像走入一扇小門之中。

真是複雜的構造啊！我心想。

琥珀鼠在我身後摩搓著雙手，鬍鬚雜亂的抖動了一下，可能牠腿短，這樣走已經有點累了。

我環顧左右。

現在我們在一個廣大而空曠的大院落裡，紙燈籠在頭頂上照著，這裡天色也一片昏暗。腳踩著磨得光亮的紅磚地，褐色土灰和幾株細小纖弱的草從縫隙裡滲出來。我臉上和身上的泥這時幾乎都乾了，一摳就掉下來，但我不敢造次，轉頭就看琥珀鼠要往哪走。

琥珀鼠得意洋洋地看著我。「怎樣，妳平常是來不了這裡的。」

我也覺得廚房女傭應該不會跟老鼠一樣被趕進院子裡，我點頭，然後問牠知不知道商人在哪裡。

「在忙呢！誰像妳。」牠冷冷回答。

院子裡種著約莫十來棵大樹，樹枝上掛著一串串紙燈籠，眾多樹鬚自頂上垂下，樹子掉了一地，很多籮筐被放在地上，裝滿樹子大小的球狀物，琥珀鼠們三三兩兩的蹲在樹下，把球分進不同的瓦罐裡。看來這是牠工作的地方。

琥珀鼠帶著我穿越牠們，我仔細一看才發現那些是泥巴已被淘洗乾淨的琉璃珠子，琥珀鼠們依照不同的花紋及顏色仔細分類著。

帶領我的那隻繞到其中一棵樹下，從根部後的紅漆盒裡取出一捆絲布，那絲布比月光還柔軟滑順，比冬天還冰涼。琥珀鼠用剪刀裁下一段，仔仔細細地幫我的手包紮起來，我想牠可能不想讓我的血碰到東西，雖然都已經乾了。

包紮完後我盯著琥珀鼠看，牠被看得有些不好意思，呼地跑開了，過了一會兒牠回來，手裡捧著一個小小的瓷瓶子，牠叫我把瓷瓶裡的東西喝下去。

我搖了搖瓶子，裡頭裝有一些應該是酒的東西，香氣不斷從裡頭溢出。

「很烈的，小口喝了就好。」琥珀鼠說。

於是我把瓶子湊到嘴邊，用舌尖輕輕地舔了一下。

該怎麼形容那種感覺呢？

我一瞬間不再是我自己了。

所有的煩惱、我撿拾的琉璃珠、刺繡圓衣領的男人、年老到骨頭嘎滋嘎滋作響的父親與母親、琥珀鼠與狐狸的宅邸，他們像被水流沖淨的泥一樣離我遠去。

我在清澈的水中睜開眼，發現自己站在低矮的土丘上，很多人跪在土丘旁哭泣，他們的淚沾溼土地，霧靄籠罩世界、水的波光與泥沙在我的四周漂流。

——那是一座新墳，那是我的墳墓。

我心裡出現這個突兀的聲音。

什麼是新墳？

——那是我的家人，我太早離開。

你死了，埋在土裡，就像我們沉進沼澤一樣，是不是？我與那個聲音對談。

然而他不再說話，泥沙湧上，浮現出的是紛飛的粉色花瓣，我坐在花樹上，底下一個繫著藍絲帶、穿寬袖藻綠長袍的男孩從花瓣鋪成的小徑跑過，那男孩約莫我這個年紀，他在尋找什麼？我看到他不停四處張望。

——繡球，我在找繡球。聲音說。

那是你？

——那是我第一次遇見他的時候。

誰？

聲音不再與我對談，我順著男孩的視線看去，河堤上有支行進的隊伍，是軍隊？是士兵要上戰場？一個年輕的軍官跨坐在馬上，好像注意到男孩，他下馬，從一處石縫裡幫他找到繡球。

——是的，那是我第一次遇見他的時候。

花瓣聚起了又散開，縫隙裡我看到男孩迅速的成長，變成一位挺拔的軍人，他看著天空，天空遠處一陣不祥的煙硝。

一個城市被焚毀了。

我見到大片的廢墟還有那個哭泣的年輕士兵，然後花瓣湧上，我看到沙塵，我看到高聳的樹和蒼茫的原野，如鏡一般的湖泊嵌在視野盡頭，如泉水一般的鮮血淌在同袍胸口。

那士兵擦乾臉上的泥土，他看向前方將領的軍旗，然後他拾起劍和盾，大聲咆嘯。

——那是戰場，那時候我在他的麾下。

你是他的人？

你幹嘛殺人呢？為了他？

——我為我的國家與信念而戰。

這我不懂。

——後來我們殺到那個隘口。

花瓣散開時，我只看到滿地腥紅，斷碎的軍旗斜插在夕暉下，兀自飄動。

那個士兵守在他的長官身邊，已沒了氣息。

你們輸了。我說。

——我陪著他，直到所有人都倒下。

然後你們都死了。

——對，我們是一起的。那聲音悠悠說道。

嗯。

而後花瓣又湧上，我的視野被粉紅色的影子聚攏，在花瓣的夢境最後，我看到了虛幻而不真實的場景，一個廂房裡，有兩個相對而坐的男子正在下棋，是死去的士兵和軍官，他們老了，我猜兒子都該有我這年紀了，他們在某個人的夢裡老了。

虛幻的未來裡，這兩個人對坐的下棋，然後其中一個人抬頭望向窗外的花樹，我坐在樹上，那個士兵，那個聲音的主人，繫著藍絲帶、穿寬袖藻綠長袍的男人，他輕輕地對我笑了一下。

——謝謝。

不會。

我抱著他的繡球坐在樹上，不知為何會被道謝。

「做得還不錯嘛。」琥珀鼠不知何時坐在我身旁，牠擺動鬍鬚稱讚我。

「這是夢嗎？」

「這是他的夢、我們的現實，我們的現實則是他的夢。」牠從我手裡拿過繡球，繡球變成一個瓷瓶子，琥珀鼠把瓶子收回兜裡。

「這是你們的工作？」

「不是，我們可以品嚐，卻不需要為他們做任何事，你那是自作多情，卻也算好事一件。」

我看了看四周，我在狐狸馱負的城裡。紙燈籠還亮著、華麗的宅邸也依舊存在。

「沼澤商人出去了，我先帶你回去你的地方。」

琥珀鼠伸手，我將手放進牠溫暖的手掌裡。

牠躍下花樹，墜進底下的水池，我也跟著掉進去，臨走前我注意到那個士兵和將領都低下頭在哭，可是他們也是笑的。

我覺得那樣就很好了。

琥珀鼠帶我掉進水裡，但等我越過池面後，發現自己正坐在琉璃瓦屋頂上頭，我們身旁是一扇窗，琥珀鼠推開紅漆窗櫺爬入，是一條人來人往的走廊、嗯、鼠來鼠往的走廊。

各種不同顏色的老鼠用兩隻腳搖搖擺擺走動著，他們都穿著不同種款式的服裝，而且都非常忙碌的樣子，附近都是吱吱喳喳的聲響，時不時還有老鼠弄破罐子。

「嚴謹的琥珀鼠是不會出錯的。」

琥珀鼠帶我往其中一個方向走去，沿途經過很多地方，紫羅蘭倉鼠魚貫走進一個大房間裡，牠們爬上樓梯、把裝在甕裡的東西往一些巨大木桶裡倒，一邊還有倉鼠往裡頭到白粉末。

另一個房間裡有紅毛老鼠在餵一群掛在金屬棒上啼叫的章魚，章魚長著鳥喙、像雞一樣咕咕咕的叫個沒完，突然間有一隻紅毛鼠被捲到半空中，其他的老鼠嚇了一大跳、丟下了裝白米稀粥的水瓢就要去救牠們的同伴，被捲到半空中的紅毛鼠捲成一球、又被甩的暈頭轉向，砰的一聲變成一個紅頭髮的姑娘，黑襦裙上繫的紅腰帶已經全散開了，她被章魚咬成兩截、肚子裡的東西嘩啦啦滾了一地。

一邊的走廊上，雪球鼠將一個個木桶子往走廊盡頭滾去、一些灰鼠抱著陶甕吃力地走在後面。

琥珀鼠把我往灰鼠隊伍推了過去。

「你的地方到了，後會有期。」

原來我被以為是灰鼠了嗎？

我不可置信的看著牠，琥珀鼠勾了勾嘴角，老鼠的臉上顯現出一個不是很好看的笑容。

「再會，沼澤商人的未婚妻。」琥珀鼠說著走遠了，一隻短短的手在老鼠群中揮呀揮的，一下子就看不到了。

啊！破老鼠！你是我見過的所有老鼠裡最討厭的一隻！

我怒火中燒，卻又突然想到一些事。

沼澤商人在老鼠與狐狸的城裡工作？

他會是老鼠嗎？

我必須去確認，正當我邁開腳步打算在宅邸尋找他時，灰鼠已經抓住我了。

「妳必須歸隊，小姑娘。」他抓著我的手臂。

我根本就不屬於這裡！我本能地想揮開，但卻想到一路上遇到的詭異事情。

我會不會被老鼠吃掉？

我看著牠粗獷凶暴的臉龐。

「對不起。」我對灰鼠的首領說。「我回來了。」

從一邊的灰鼠那兒我接過一個瓦罐，看來裝的東西比其他罐子都少，我跟著灰鼠隊伍走到一個轉角，盡頭樓梯向下，走進陰暗的一個石窟裡，石窟裡放滿蚌殼打磨而成的鏡子，每一面鏡子前點一蕊小小的火焰，一隻貛細心地往裡頭把將燒盡的燈油補完。

有面鏡子的火被衣袖搧熄了，進出到一半的大蝸牛四分五裂，牠殼上披的幾件花緞衣裳也被扯壞了，幾隻獾設法點燃火焰，石窟裡都是蝸牛碎塊的氣味。我嚇出一身冷汗，在灰鼠隊伍踏進一扇圓鏡時還特地檢查了一下燈火。

我後面的老鼠冷笑了一聲。

所幸沒事，我跟著前面的灰鼠走進一個更加幽暗的地窖，這個地窖狹小而冰冷，大概是宅邸的下層，角落滴著水，用缺損的破陶盆裝起，而室內只放了幾盞辦明辦滅的破舊紙燈籠，上頭有修補的痕跡、有些地方還受潮了，蠟紙上有水浸過的發霉的污漬。灰鼠將紙燈籠扶正，但受潮腐朽的支架卻又一顛一顛的。

這下我明白琥珀鼠說的那句：「妳平常是來不了這裡的。」是什麼意思了。灰鼠們一定是這個城裡最低階的族群，我不能想像比地窖更淒慘的地方了。

「做事啊！殘渣們！」首領吼著。

那些老鼠唯唯諾諾的打開瓦罐，將裏頭的東西嘩啦的倒進木盆，如同我在琥珀鼠那裏看到的，這是一罈又一罈被分裝好的琉璃珠。

哇，我抓著那顆晶瑩閃耀的玻璃珠，它圓滑的紫底綠線紋，像是沼澤裡的殘夢在像我招呼一般，不禁在心裡感嘆著，從我把你從沼澤裡撈起後，你可經歷了好長遠的一段旅行哪！我想起了繡花領子的商人，想起了有雙溫暖毛絨手的琥珀鼠，啊啊，你可得感謝我呀！我對那珠子說著，你可得感謝我啊！

「喂，小姑娘，妳還在邊磨贈個什麼？再拖呀、再拖呀！拖到妳細瘦的雙手被咖吱的咬成碎塊餵給溝鼠，拖到妳的衣衫浸滿酒液和梁柱一樣紅通通的血絲，被酒商簌簌地吸吮殆盡，妳還在那裏磨蹭什麼呢？我該給妳什麼懲戒呢？該如何才能讓妳畏懼我呢？」首領揮舞著短短肥肥的灰毛手，哇啦哇啦的對我大吼。

在我的身旁，灰鼠群唱起了歌，那歌是這麼說的：「當妳小巧精緻的頭顱沉浸庭院的水池裡時，妳會懂嗎？當妳纖細如柳的腰枝折損在東院生著綠苔蘚的橋墩時，妳會懂嗎？妳會懂嗎？妳會懂得我的心嗎？月夜下的白曇花，我的心隨著搖槳聲晃蕩呀！我親愛的撐篙女，玉玦，錦緞，和滿城春花，妳會懂嗎？」

灰鼠們瘋狂地唱著，大概是某個地方的歌謠吧？曲調很美，可惜被他們唱得歪歪斜斜，像要傾倒在煙雨之中的亭臺樓閣，直到那粗聲粗氣的首領又拍桌吶喊著要牠們工作。

而這次，灰鼠們總算要認真做事了。

他們一個個成排在小矮凳上坐穩，瓦罐、木盆和木桶子擺了一地。

我呆呆地望著牠們，其中一隻注意到我的茫然，友善地說：「啊，妳忘記作法了，我腦袋裡裝著核桃蜜鬆糕的小積雨雲，過來吧，看看我的作法！」

我朝牠道謝，趕忙迎了上去。

灰鼠在凳子上擺出正經八百的架式，若我沒見識過琥珀鼠的工作場所，或許會覺得牠在做的事是全世界最最高貴的工作吧？

牠從木盆裡掏出琉璃珠子，在一個水盆裡將它掏乾淨，然後牠將那珠子靠近一只石磨，石磨是已經老舊磨損、被淘汰掉的報廢品，灰鼠用石磨邊緣敲開琉璃珠子。

那晶瑩閃耀的珠子咧開了一條縫，許多黏稠汁液從中流淌而出，透明的、含著淡淡的血和肉桂氣味，像蝸牛爬過石頭會留下的黏液，灰鼠兩手用力一扳，珠子嗶啵的碎了開來，更多的汁液沾染到牠手上，又甜又腥，混著沼澤裡的氣味，一個帶血的圓球咕咚的滾了下來，落進準備在一旁的白樺木桶裡，那木桶是直接將木塊挖空的，白色樹皮上一個個樹瘤像眼睛一樣。

而落進木桶裡的東西，恰恰就是一顆渾圓多汁的人類眼球。

啊啊啊啊啊啊！

我張嘴，訝異的不知道該說些什麼才好，忘卻了所有話語，心裡想著從前的畫面。

我在沼澤裡，自深灰如夢境的泥沙中掏起那些珠子。

一顆顆晶瑩閃亮的琉璃珠子，我原先以為它會被擱置在貴婦人的珠寶匣裡、被鑲在中間有個小人兒不斷轉圈的音樂盒上、被放在舞孃的舌尖或公主的額上。

可它居然在這裡，由老鼠們擠出一顆顆牽掛著血絲和黏液的眼珠子。

我覺得我的人生有種強烈被否定的感覺。我為商人帶出了那樣多的珍寶，而這卻是為了讓老鼠們取出眼球來。

不，我突然想到，老鼠要眼球幹嘛？

他們也是奴才的，也是受人所託，商人為誰工作呢？老鼠為誰遭受責打呢？而眼球又是為何被帶離它原先的主人身邊？

這座狐狸城，又是哪個神祕的人物建造的呢？

我捏著琉璃珠，它碎裂，流出汁液，玻璃的本身便的黯淡無光，一粒眼珠子咕溜的滾進木桶。

一直以來那些閃耀在琉璃珠裡的神祕光彩，一定都是那些眼珠子生命本身的質量，或許是他們所見過的風景吧？我盯著眼珠子想得出神。

有太多的謎題卻只有細微如蠶絲的線索。

「喂，肚子餓就得忍著點呀！要是不小心吞進去了，妳也會被吞掉的。」一隻灰鼠在我身旁嗤嗤笑，隨即又被首領搧到旁邊去。

「喂，妳。」首領走到我們身旁，像隻老禿鷹，悶悶叫地等著啃食即將腐敗的生肉，灰鼠說的被吞掉，是指被這隻大老鼠所吃食嗎？我有些畏懼的抬頭看牠，首領朝我臉上粹了一口唾沫。

「不工作的東西就是食物，妳是什麼東西？」

「跟你一樣的。」我小聲地說。

「啐，沒用的東西，滾吧，把目前為止的碎片給送出去，沒用的碎布花地氈，帶著碎片滾出去！」

一聽見運送碎片，所有的灰鼠都吱吱喳喳的喧鬧起來，有些甚至嚇得打翻了眼珠子，他們像覆巢蟻群一樣惶恐。然而，我卻希望自己能離開這個鬼地方，我受夠溼答答的地窖了，寧可回去琥珀鼠的身邊，雖然他的臉跟新漿好的短外褂一樣硬梆梆的。

「是。」我聽見自己唯唯諾諾的應著，那感覺真的像隻淋濕的小灰鼠。

在地窖的角落裡，一個石槽中堆滿碎片，我拿起一旁隨意棄置的畚箕，上面都是霉斑，將琉璃碎片鏟起來，少了明亮的色澤，它們看起來再普通不過，就像髒污的透明沙礫、失去光芒的星星，這些晦暗的碎渣子被鏟起，倒進幾個瓦缽裡，像婦人的死胎，灰暗的、冰冷而無生氣的。

我將它們裝進竹簍中，吃力的揹起來，在石槽旁有個花紋繁複的鏽鐵窗框，看來是從其他地方淘汰後拆過來的，它隨便罩在一個黑暗的孔穴上，通道通往黑暗盡頭不知名的地方。

灰鼠的首領搭著不太和尺寸的鐵窗框，一手扳開窗鎖，半推半拉的把我塞進隧道。「快，快進去。」

我從出生到現在從沒到過這麼狹窄的地方。

一進隧道，腥臭的水氣撲面而來，石道帶著泥沙與苔蘚，一些棕灰帶著螢光的蝸牛聚集在石塊凹槽，石尖勾著爛草和破舊的蟬翼紗絲帶，而從嫁娘蓋頭上扯落的碎紅布沾滿爛泥和嘔吐物，刺繡磨損殆盡，已不見昔日風華。這裡的隧道在過去可能曾為城堡的排水口，殘留了被污水沖刷的神祕故事，然而，我一點也不想在此久留。

爸爸、媽媽、我所不知道名字的沼澤商人以及嚴肅的琥珀鼠呀！我默念著這些人的名字，設法撫平代表畏懼的快速心跳，接著壓低身子，設法使竹簍別碰著坑頂，蹲低著身子前進。

或許是我身材叫為嬌小的緣故，我行進的飛快，途中有幾處叉路，可惜我實在無法辨識何處是應該前進的方向，如法確保自己的舉動是否正確無誤，總之我是向前進了，我離我的目標更加接近。

在這段幽黑腥臭的旅程中，我曾經過一個同樣罩著鐵框子的通道口，當我想踢開它離開隧道時，卻聽到有嘻嘻呼呼的聲音。

我把臉挨近框架，外頭有燈然而我藏在陰影中，沒人留意到有個嬌小如鼠的偷窺者。鐵框外的景色是怎樣的呢？我探頭窺視。

一片暗紅，有種帶著紅色汁液的有機體一顫一顫的發著抖，像在抽痛著，透明帶著綠黃紫色澤與半凝固團塊的物質不斷從中溢出，紅牆壁像肉，該有的稜角都被破碎的裂口所取代了，而那些物質，我不知道那是否是膿或其他。

有兩只巨大的生物佔據了那個房間，牠們有螞蝗一樣黏滑帶著曲線和斑紋的身軀，一動就會在房間裡發出嘖嘖的濕潤水音，骯髒的棕色污垢沾黏在牠們肥大的身軀，牠們像爆食的豬一樣，啪吱啪吱的嚼食著房間，咀嚼聲十分嘈雜。

然而最讓人感到噁心的是，那兩隻螞蝗的頭部，是人類的嘴臉，是有如傳說中那些城裡官爺那樣，肥碩腫大，塞滿酒肉的蒼老嘴臉，時光尚未流逝，靈魂卻已老邁，儘管那兩張臉泛著酡紅及白亮的油光，卻仍叫人作嘔。

人面螞蝗啃蝕著馱負宅邸的苦主，那隻大狐狸的血肉被撕咬、啃蝕殆盡，吞食自身所依附的存在，是牠的本質。

在我心中突然理解了一件事，這個城的一種表徵、它的思維，我在心裡學著琥珀鼠的話，想像著牠嚴肅卻誠摯的聲音，還有牠帶著憤怒與理解的眼神。

「這是『貪婪』。」

我與牠同時說著，在我的心裡說出答案。

貪婪沒有注意到牠的訪客，我也無意打攪牠們，這房間是牠們一口一口囓咬出來的，也唯有在這遠離上方城寨的陰暗處，牠們得以暗自滋養自己。

我讓自己遠離那個窗柵，這城的一切從來不是我能插手的事，琥珀鼠說了我們是夢境的夢境，這城是一種象徵，這兒的光怪陸離是另一個世界的傷痛、歡笑或淚水，而即便我插手了又如何，我應該看著的是我的現實才對。

可要是找到琥珀鼠，我想我大概還是會把這件事跟牠說吧？螞蝗吃食的是維繫這城的命脈、那只巨大的狐狸呀！

我又走回黑暗，很快的，肉坑裡的微光消失在後方盡頭，純粹的幽黑裡只有『寂寞』兀自蹲坐著，他半邊的側臉已經潰爛，是一個乞丐模樣的傢伙，骨瘦的腳擱在石磚上，指甲多半已經脫落，細瘦的肩頸上有著飽受折磨的傷痕。

「喂，你必須讓開，我得從這兒經過。」

但他卻不回答我。

「你不做任何回應的話，所有的一切都無法有所改變。」

但他只是嘴中念念有詞，卻無法與我對談。
我輕聲聽他在說些什麼，他說的是「回來」。
我拍了拍他。「你不該把一切都暫停在這，沒有任何篩網能捉得住時間，你只抓住了你自己。」
他嗚咽著，突然摀著臉蜷縮下去了，衣衫襤褸的人化作一副長在牆上的五官，牛奶色的混濁雙眼流出藍色的淚，他抽著鼻子，雙唇微啟，吐出模糊的聲音：「沒有人啊！這兒並沒有人啊！好孤單啊！好寂寞啊！回來呀！回來嗎？好寂寞、好寂寞、好寂寞啊！」
他哭了起來，淚水不斷湧出，落在汙濁的地板上，滴滴答答，化為藍色的溪流，漸漸地開始積了起來，越來越多，最後我被藍色的憂傷潮水給沖走了。
在水中，我覺得這世界只剩下我一個人。
好寂寞喔，我嚐到他的心情，然後他的心情也變成我的心情。
什麼都沒有了。
奇怪的是，我覺得內心十分平靜。
我醒在一個，如沼澤乾涸之處的淺灘。
細碎的沙礫由琉璃碎成，灰色及深藍色的潮水由『寂寞』製成，有道黑斷崖撐著天頂，昏暗的天空裡什麼都沒有，是流淌著隱約光澤的漆黑虛空，一切恍若隔世。
我是誰？

我在哪裡？
我為何而來？
我只記得我帶著這些沙子穿過了長隧道，然而，在長隧道之前，我究竟是什麼？
想這些無濟於事，但我真的可以不去思考嗎？
我抓了把沙子，它們在我手心冰涼如夜，我舔了舔潮水，它們苦澀如虛無。
我原先就存在於此嗎？
不是，這裡是經過了某種轉換後的生命所棲宿之處。
這裡是哪裡？
這裡是『死亡』、這裡是『終焉』。
啊啊。
在寂寞之海所圍繞著的這座淺灘上，我就是死亡。
我的手蒼白如紙、僵硬如冰，寒如十二月的吻，我的心凍結了，我的眼睛黯淡無光。
呆坐在灘上，我的衣衫沾滿濕潤粗糙的沙子，我記不得我曾經是什麼，我吃力地想著，即使這些一點意義也沒有，我曾經住在哪裡？又是個怎樣的人呢？
如鏡的水映出我柴枝一樣的手和雜亂的頭髮，水裡的我有五官、卻也沒有五官，我面無表情，不哭不笑，不哭泣也不言語。
我是空谷跌落的一縷幽魂。

世界已離我遠去，我亦離世界遠去。

灘上，水裡，陸陸續續又浮現了幾個人，他們或透明或清晰、忽隱忽現流動不止，我理解這些是重疊的時空，這些是過往或未來的死者，大家都在灘上品嚐著屬於自己的失落。

人影過於模糊了，像一團被拘束住的霧氣，他們張嘴，細絲的藍色液體自喉間湧出，每個地方都有人傾倒著『寂寞』，像細細的山泉注入海洋。

我想哭。

為什麼呢？

我想哭。

忘記是過了多久，一瞬間或跨越了永恆所牽起的白絲帶，總之是一段無法度量的時間，在一切又開始轉動之前，有圈漣漪觸碰到我浸在水裡的腳。

有實體的東西靠近了。

它不是影子。

我抬頭，有圈淡淡的光照亮淺灘，一雙金色的手捧住我的臉，有個時常嘲諷的聲音如今卻嘆息著。

「妳還記得我嗎？」

我的視野好模糊，我看不清楚它的臉，於是我搖頭。因為黑夜如禱詞，所以死亡便像是一種既定儀式一樣降臨世間。

它嘆了口氣，蹲下來，來到我的眼前。「妳該知道，妳與他們不同。妳嘗過『死亡』，但妳並不是它，妳還不是。」它向我解釋著。「時間還沒到，而妳在等的人要見妳，於是我前來，奉命帶妳去找他。」

「能站起來嗎？」

我搖頭，於是它揹起我，虛空裡有座黑峭壁，我們都以為爬上去就是原先的地方，可其實不是，它帶我穿過峭壁的孔隙，答案從來不在我們原先所以為的地方。

我趴在那個有淡淡酒香的背上，好像能想起來它是誰。

我嗅到了甜膩的乳香。

還有胡荽、肉桂、甜薄荷、藏紅花、青蔥、椰子酒。

像一幅珍藏的山水畫，畫家到了天涯盡頭，那裡的人用笛子與蛇做朋友，皮膚黑如盛夏樹林的陰影。

夢與現實的夾層間，有著聞起來像新刨的木頭、以及墨水和紙張的香味。

有人焚燒著混了檸檬、艾草和柑橘皮的香料。

風鈴叮叮噹噹地響著。

混亂的感官衝擊著我的精神，所以我很快就清醒了，一片漆黑，所以我睜開眼睛。

紅色的布帛在起風的房間裡飄揚，青銅龍形碟上焚燒著細草枝，焚煙如墜入清水中的墨，淺捲的飄散迷離，而我躺在繡著各式圖騰的床上，柔軟的繡花抱枕被清晨採摘的鮮花薰染了淡雅的香味。

老虎、鯉魚、斂起尾巴的金翅雀、人偶、酒瓶、各色老鼠、蝸牛、獾、螞蝗，各種不同樣式的布偶被放在這張床上，這床太大了，夠躺上十多個我。

但是這裡又是哪裡？

我抱著布偶們站起來，踩在床上，這是個半開放式的房間，我向外望了出去，然後便懂了。這裡是狐狸城的高處。

天空裡甚至被鑲上了閃閃發光的珠寶，有塊巨大的素縞色白玉被鑲在天空頂，奢華至極。有人替我把沼澤和隧道的髒污洗淨了，我達到了此生絕無僅有的乾淨程度，清爽的簡直令人想哭，我幾乎要忘記自己來自沼澤，這到底是怎麼回事呢？我身上的衣服代表了什麼？

我穿著艷紅如血的大禮服，寬袖和多折的裙襬上都繡滿狐狸城的風景，多眼的魚、食夢的居民。這是一件嫁衣，上頭都是瑰麗的刺繡，嶄新的像是新起的霧一般。

在我的頭頂則插了各式的髮簪，有各種不同的材質，金、銀、青玉、玳瑁、珊瑚、瑪瑙、鑲著碩大珍珠的櫻桃木、絲線纏的小花垂在我的耳際，許多珍珠被穿在我的髮間。在床鋪旁的一個矮櫃上，放著一只漱洗用的金盆、兩盞紅蠟燭和一頂鳳冠。

是我在還沒醒時不小心嫁給誰了嗎？

不，現在不是想這些的時候。我拍了拍自己的大腿，手上戴的金鐲玉鐲叮咚叮咚響，現在我就像隻紅孔雀或吊鐘或風鈴一樣，但我的腦子裡裝的仍舊是原先的我，那個來自沼澤的女孩。

我必須起身，必須離開，我要去找牠，向牠道謝。

把我帶回來的琥珀鼠是不是還獨自坐在樹下將琉璃珠子默默分類呢？牠挑的酒喝來總是如此憂傷、像緩步離去的秋季一樣惆悵。

把我帶回來的牠，難道都不會想過來看看我醒了沒嗎？

在我沉睡的這段時間裡，有誰在我的身旁嗎？會是牠嗎？

我撩起衣裙，鄉下成長的孩子實在不太適合這樣正式的裝束，我想扯破它，卻怕激怒了誰，最後只好十分絆腳的跌跌撞撞滾下床。

一踩著地板，我朝門口急忙奔去，我知道這城寨的道理很怪，它既理性卻又情緒化，充滿詭異的東西及一大堆不牢靠的複雜理由，所以能跑的時候最好盡量逃跑。

蹦的一聲，我在門口撞到一個人，向後一彈，我摔到地上，珍珠啪啦啪啦像傾盆雨勢一樣在地板上擊響著，髮簪滑落了一只，摔在地上碎成兩半，叮，像瓷杯相叩。

「哎呀哎呀，說要成為新娘子的人可得穩重一點才好喔。」有雙手將我扶起來，窄袖收在粗細剛好的手腕，細長的手筋浮在手腕中央，給人一種堅毅而穩重的感覺。

沼澤商人穿著青色衣衫，窄窄的領子貼在頸上，白玉的光在他髮梢散出光華，像個不存在於世上的幻象。

「啊……」我張嘴，一開一闔，啞口無言，最後終於吐出話語。「好久不見。」

這人終於來到我身邊了。

「妳許了願望，於是我前來實現。妳去過了死者之谷，這是妳應有的報償。」他將我打橫抱起，輕放到一旁的一個梳妝台的檜木椅上，在打磨得發亮的銅鏡裡，映出了一個非常美麗的女人。

是我自己。

卻也不是，比我應有的年紀成熟多了，而且長相也與原先的我不太相同。

「這是魔法吧？」

「對呀，只是，我是真的。」商人如此說道，我能肯定這點，他的身上有屬於沼澤裡，這季節應開的野花氣味，這若是魔法，未免太過細心了？

我輕輕避開這個人，不太確定的問著。「對不起，但是你能跟我解釋這裡發生的所有事嗎？這座城存在的理由、眼球和所有戲法的理由，還有你明明是層級比大多數人高的存在，卻為何在沼澤商人這樣卑微的職業呢？」

「啊啊，原來妳什麼都不知道就進城來啦？」商人修長的手指滑過薄薄的嘴唇。「這兒是座酒莊，把遙遠的靈魂釀造成各種佳釀，供給應得到它的人飲用。說是靈魂所製，卻也不是，我們所汲取的不過是它的人生罷了。」

他張開手心，裡頭擱著三五顆大小不等的珠子。

「帝王的抉擇、乞兒的血淚、怨婦的孤寂與征人的旅程，人們總愛著不屬於他們的事物，嚮往所缺少的，於是有了我們，即使是神仙亦嚮往凡人，縱然為鬼神亦渴望著一段平淡無奇的歌頌。」

他將那些珠子吞進嘴裡嚼碎，一點點的紅印子染在嘴角像胭脂。

「我的主人，你們的說法應該是父親吧？其實不是非常在意我得成為什麼，在他消失之前我要幹什麼都無所謂的，所以啦，我一點都不想待在城裡，人們對於自己擁有的東西往往棄若敝屣嘛！還有什麼問題嗎？這裡是那裡的夢，但對居住在這裡的人們而言，另一處才是虛幻的存在，若可以將一切解釋為某種現象的話，這座城只是一個用華麗包裝蒙騙一切的空殼，一場虛夢。」

狐狸少主的眼中有著青色的光芒，他瞇起眼笑著。

「我想還是有人非常認真在面對的。」

「對呀，因為牠們本身亦是這個體系的一部分嘛，知道老鼠和蝸牛的來歷嗎？他們就是那些被剝奪了過往人生的靈魂呀，你們一族總能從詛咒的泥沼挖起慟哭與歡笑的魂魄，像野豬挖掘松露那樣靈敏，而我們則將記憶釀成酒，沒有用的渣滓製成奴僕，他們的羈絆則吞吐成風。」

我不說話。

「妳生氣了嗎？我的說法有些直白，但若妳將成為這兒的王妃，知曉一切便是妳的義務了。」

「你在威脅我，娶這個女孩是你應付出的報酬，但事實上你已心有所屬，你希望她離開，因為你亦已看出她心中所想，大人，你在向我解釋那個人並沒有義務聽命於你，而他也不是魔法或幻象。」我抽起一只髮簪，劃開臉頰，當紅如春花的血綻開時，狐狸一族的術法便消失了，我只覺得那紅色嫁衣變得鬆鬆垮垮，我變回那個矮小的沼澤少女。「你把我變成那個女人的相貌，可是你卻無法穿上代表婚嫁的紅袍，你仍舊覺得有愧於那個住在你心裡的念想。」

一身如玉的青年瞇起他細長的眼睛。

「妳來自於沼澤？」

「是。」

他笑了。「妳跟她一樣聰慧。」

「她是我的母親。」看到鏡子時我便已經知曉了，我告訴他。「她未曾向我提及過你。」

「那是一段很長很長的故事了，請恕我無法向妳詳提，小姑娘，這世間存在了無數規則，即便是幻境也是如此，它們就像是船的龍骨一樣，龍骨說著世人應劃分為不同等級，於是生命與生命之間便有了距離。」他拿起一旁的梳子，將我散亂的其餘髮飾緩緩卸下，一遍一遍梳著我的長髮，最後再將複雜的髮型整理回原樣。「我曾試著打破這個規矩，可是妳該知道的，一切的選擇都有其代價，所有的勇氣都會必然伴隨妳未能估量的風險，結論就是，我從此失去了所有。」

他感嘆著。「我一直在找她，我清楚記得她的長相，卻無法在沼澤裡找到她，在那裡，一切靜默不語、一切轉身迴避，我從不曾認清我在那沼澤時，我究竟是走在酒精製造的幻覺、亦或走在我心中的泥沼。」

「我能帶你去找她。」

他擺了擺手。「我早該釋懷了，我是時候得學著放下了，她離開了，而我的心也早就死了，冰涼而寒冷，卻更加堅強了。」他拍拍我的肩膀，像個大哥哥一樣親了我的臉頰。「離開吧！願你的母親依舊有著黎明一樣剔透的心，然後趁這裡還沒找到妳，把屬於妳的東西帶走，遠遠的、去遠遠的地方吧！」

說著，狐狸青年拿起放在床頭的鳳冠霞披，摔碎在地上，同時，他所在的地方也碎成一片一片，整個世界都被他摔碎了，開始漸漸剝落，裂痕爬到他臉上，像一條蛇一樣蜷住了他，我在毀滅之外看著所有碎成薄片的景色，知道這又是狐狸的戲法，他為我開了條路。

我伸出手想勾著他，但他卻只是對我搖頭。

碎片之後，我看到那個人露出心碎般的微笑。

光的河流包圍了我，緩緩將我向前推送，這是什麼呢？

這是『晨曦』，是『未來』。狐狸的聲音說。

光芒出而刺眼，但習慣後卻越發覺得它質地柔軟細緻。

鳥啼聲在曙光中鳴囀。

我覺得這是狐狸的心。

溫暖而念舊。

在光裡，有個畫面漸漸浮現。

這兒的景色我十分熟悉。

一排又一排的紙燈籠像枷鎖一樣捆住所有，已經滅了，卻仍在天空織出一張大大的網，曦微的晨光透過燈籠灑在地上，其實這一切美的不像話，我想所有的醜惡及美麗必然是共生的。

這裡的每一棵樹都是一個疲憊的靈魂，這裡事實上是座靈魂的墓園，我看見少女與老人的靈魂被安置成彎曲的樹木，它們沉默卻熱切，執著的伸展它們圓潤泛油光的枝葉。

我能做些什麼呢？他說這城是個必然的現象，從無人能打破禁錮的枷鎖，於是有如此多失去自由的存在。我只覺得這一切是毫無道理的，一定有個誰執著於他所相信的夢幻，但毫無疑問的我們生活在他的體系之中，貪婪與孤寂並存的這個世界裡，我設法拯救我所珍視的部分。

於是我撕破裙擺、蹬開繡鞋，我裸足奔馳在清晨微光裡的城中。

失序無語的狐狸城、疲憊的主人與父親呀！讓我向你許願吧！

願你疲憊的靈魂也得以在這拂曉之時獲得舒展。

我踩在草葉之上，奔過滾滾塵霧，它們像鬼魂一樣被我踢開。

我聽聞那狐狸在清晨裡跳動的心臟，那樣溫暖與脆弱，那樣澎拜而真摯，為什麼有東西的生命總得藉著相互囓咬來證實彼此的存在呢？

我希望那商人青年的父親總有一天能卸下這座城，他原先能活得更自由的，做一隻普通狐狸豈不是更加快活嗎？

路途逐漸明亮得起來，首次迎接地朝暾讓人忍不住落淚。

我祈禱著那位在遠方哭泣的商人，也能找到他心裡的黎明。

我祈禱著我的努力，也將能把某人帶到屬於我們的黎明。

被露水染濕的布襪朵朵朵的跑過石磚路，在樹與樹盤據之地的盡頭，有個黃色的影子孤零零地坐在樹下。

琥珀鼠靜靜的看著滿地的琉璃珠子，藍如夜、紅如日出，所有的籮筐全都散了。

他手裡纂著一只縫了一半的布偶。

「喂，」我在牠身後，伸手遮住牠的眼睛。「你還記得我嗎？」

我們一起離開這裡吧！

THE END

釀奇幻11　PG1624

阿帕拉契的火
——金車奇幻小說獎傑作選

策　　劃　　金車文教基金會
作　　者　　王麗雯、邱常婷、林子瑄、沈琬婷、江尋
責任編輯　　喬齊安
圖文排版　　周妤靜
封面設計　　楊廣榕

出版策劃　　釀出版
製作發行　　秀威資訊科技股份有限公司
114 台北市內湖區瑞光路76巷65號1樓
電話：+886-2-2796-3638　傳真：+886-2-2796-1377
服務信箱：service@showwe.com.tw
http://www.showwe.com.tw
郵政劃撥　　19563868　戶名：秀威資訊科技股份有限公司
展售門市　　國家書店【松江門市】
104 台北市中山區松江路209號1樓
電話：+886-2-2518-0207　傳真：+886-2-2518-0778
網路訂購　　秀威網路書店：http://store.showwe.tw
國家網路書店：http://www.govbooks.com.tw
法律顧問　　毛國樑　律師
總 經 銷　　聯合發行股份有限公司
231新北市新店區寶橋路235巷6弄6號4F
電話：+886-2-2917-8022　傳真：+886-2-2915-6275

出版日期　　2017年11月　BOD一版
定　　價　　280元

國家圖書館出版品預行編目

阿帕拉契的火：金車奇幻小說獎傑作選 / 王麗雯等
作. -- 一版. -- 臺北市：釀出版, 2017.11
面；　公分. -- (釀奇幻；11)
BOD版
ISBN 978-986-445-224-8(平裝)

857.7　　106015605

讀者回函卡

感謝您購買本書，為提升服務品質，請填妥以下資料，將讀者回函卡直接寄回或傳真本公司，收到您的寶貴意見後，我們會收藏記錄及檢討，謝謝！如您需要了解本公司最新出版書目、購書優惠或企劃活動，歡迎您上網查詢或下載相關資料：http:// www.showwe.com.tw

您購買的書名：________________________________

出生日期：________年________月________日

學歷：□高中（含）以下　□大專　□研究所（含）以上

職業：□製造業　□金融業　□資訊業　□軍警　□傳播業　□自由業

□服務業　□公務員　□教職　□學生　□家管　□其它_____

購書地點：□網路書店　□實體書店　□書展　□郵購　□贈閱　□其他

您從何得知本書的消息？

□網路書店　□實體書店　□網路搜尋　□電子報　□書訊　□雜誌

□傳播媒體　□親友推薦　□網站推薦　□部落格　□其他__________

您對本書的評價：（請填代號　1.非常滿意　2.滿意　3.尚可　4.再改進）

封面設計____　版面編排____　內容____　文／譯筆____　價格____

讀完書後您覺得：

□很有收穫　□有收穫　□收穫不多　□沒收穫

對我們的建議：________________________________

____

____

____

請貼
郵票

11466
台北市內湖區瑞光路 76 巷 65 號 1 樓

秀威資訊科技股份有限公司 收

BOD 數位出版事業部

(請沿線對折寄回，謝謝！)

姓　　名：＿＿＿＿＿＿＿＿ 年齡：＿＿＿＿ 性別：□女　□男

郵遞區號：□□□□□

地　　址：＿＿＿＿＿＿＿＿＿＿＿＿＿＿＿＿

聯絡電話：(日) ＿＿＿＿＿＿＿＿ (夜) ＿＿＿＿＿＿＿＿

E-mail：＿＿＿＿＿＿＿＿＿＿＿＿＿＿＿＿